EN DAN NOG IETS

Eerder verscheen van Paulien Cornelisse:

Taal is zeg maar echt mijn ding (2009)

Paulien Cornelisse

En dan nog iets

Uitgeverij Atlas Contact
Amsterdam/Antwerpen

Eerste druk februari 2012
Tweede druk februari 2012
Derde druk februari 2012
Vierde druk februari 2012
Vijfde druk maart 2012
Zesde druk juli 2012
Zevende druk augustus 2012
Achtste druk januari 2013

Auteursfoto Tessa Posthuma de Boer
Omslagontwerp voorzijde Paulien Cornelisse
Omslagontwerp achterzijde Suzan Beijer
Typografie binnenwerk Zeno
Illustraties binnenwerk Paulien Cornelisse
Drukker HooibergHaasbeek, Meppel
ISBN 978 90 254 3803 6
D/2012/0108/909
NUR 320
www.atlascontact.nl

Wees maar niet bang, al gaat het over jou.

Voorwoord

Ook als je zegt: ik ben geen taalpurist, dan denken mensen dat je een taalpurist bent. Als je je bezighoudt met taal, dan zul je ook wel vinden dat mensen alles 'goed' moeten uitspreken en uitdrukken.

Ik ben geen taalpurist. Taalpuristen zijn mensen die zó ontzettend genieten van de Nederlandse taal dat ze er een beetje opgewonden van raken. Ze worden verdrietig als ze iemand 'hun hebben' horen zeggen. Dit zijn zeurpieten die vermoedelijk vies eten en slechte sex hebben. Maar ik heb er verder geen onderzoek naar gedaan.

Ik ben geen taalpurist, want daarvoor vind ik taal veel te leuk. Vooral als je erdoor verrast wordt.

Een tijdje geleden zat ik in een trein in het oosten van het land. Naast mij kwamen twee jongemannen zitten, ze waren mid-twintig, ze zagen er stoer uit. Ze hadden baarden, maar van het coole soort, en een van de twee had ook nog een hoedje op om dat hippige te benadrukken.

Ze gingen zitten, en het eerste wat de een tegen de ander zei was: 'Zoooo. Als we in Enschede zijn wil ik écht even je naaimachine lenen.'

Dit was het laatste wat ik had verwacht.

Kort daarop zag ik een heel erg softe man met sandalen met sokken erin. Hij zei in zijn telefoon: 'Maar kun jij aangeven hoe lang je er dan niet bent? Kun je anders aan die psycholoog vragen of hij een indicatie kan geven van hoe lang die depressie gaat duren? Want ik zit ook met mijn planning. Ja, kun je dat vragen? Bedankt man.' Dit klonk allemaal helemaal niet sandaal-met-sok-erin. Vooral dat 'bedankt man' stond hem heel erg vreemd.

Als het over kleding gaat, dan kun je nog wel eens zeggen: 'Leuke broek, maar hij staat je niet.' Bij taal gaat dat niet. 'Sorry, maar uw taal staat u niet.'

Alleen pubers doen dat, bij hun moeder, als die in een onbewaakt moment van moderniteit ineens iets 'vet' vindt. 'Mahammmm,' zeggen ze dan, en de moderne moeder zegt dan: 'Dat mag ik toch wel zeggen? Jullie zeggen het ook.' Maar ze weet het diep in haar hart natuurlijk donders goed: pubertaal staat haar niet.

Over zulk soort dingen denk ik graag na. Dat de ene persoon 'hun hebben' zegt en de andere persoon niet, dat is mij eerlijk gezegd worst.

Ik ben geen taalpurist. Ik vind taal juist leuk.

PS: Veel van de stukken in dit boek verschenen elders in andere vorm. Ik schreef ze bijvoorbeeld voor NRC.*next*, of ik las ze voor in het radioprogramma *Klare Taal* van

Arie Bras, van Radio Nederland Wereldomroep. Sommige tekeningen verschenen eerder op de achterpagina van *NRC Handelsblad*. Veel van de teksten in de tekeningen werden geuit door u. Gehoord op straat, op de radio, in de trein. Waarvoor dank.

Leuk-leuk

In het Nederlands kun je vrij veel woorden verdubbelen. Leuke woorden zijn dat. Denk aan hè hè, kom kom, nou nou, zo zo, gut gut en poe poe.

Er is een andere categorie verdubbelingen, en die is nog veel leuker. Meisje 1: 'Hij studeert Nederlands. En hij roeit. Hij is wel leuk.' Meisje 2: 'Oké... Maar is ie leuk? Of is ie leuk-leuk?' 'Leuk' betekent dat iemand aardig is, maar dat is je broertje ook. Leuk-leuk betekent dat je je kunt voorstellen dat er uiteindelijk dingen gaan gebeuren zonder onderbroek. (In het Engels komt deze dubbeling trouwens ook voor. '*Do you like him? Or do you like him like him?*')

Dit soort dubbelingen zijn geloof ik bedoeld om de 'serieuzere' vorm van het oorspronkelijke woord uit te drukken. 'Ik ben niet echt een meisje-meisje', want meisje-meisjes, dat zijn archetypische meisjes, die altijd roze dragen en nooit naar de wc gaan – of alleen voor kleine plasjes.

Nog een voorbeeld: 'Ik ben gestopt als invalhulp op

het kinderdagverblijf, ik werk nu bij het ministerie. Leuk, maar wel echt een baan-baan.' Niet alleen maar geld verdienen, nee, je dient je nu serieus en volwassen te gedragen, want je hebt een baan-baan.

Het is breed toepasbaar. Wie bijvoorbeeld de stap van appartement naar 'huis met tuin en zolder' heeft gemaakt, heeft nu eindelijk een huis-huis.

Je kunt er zelf creatief in zijn. Gehoord: 'Ik was niet echt een student-student.' (Ergo, ik studeerde wel, maar zoop niet, zat niet bij een vereniging, en had geen wisselende contacten.)

Die creativiteit omtrent verdubbeling kan ook te ver gaan. Er zijn mensen die zo enthousiast zijn over het verdubbelen, dat ze het doen op een totaal onbegrijpelijke manier. Ik heb wel eens iemand horen zeggen: 'De sfeer was echt, zeg maar, gezellig-gezellig.' Betekent dat dan echt gezellig? Of juist nepgezellig, met stukjes uitgedroogde leverworst op prikkertjes? Hm. Nogal vaag-vaag.

EVEN

'Hee, even. Als iedereen gewoon even normaal en rustig luistert dan kan Gerard-Jan gewoon vertellen over zijn buxushaagproject en dan kunnen we daarna gewoon aan de koffie. Goed? Goed.'

O, MAG IK DAT?

Gottegot, wat mogen we toch veel tegenwoordig. Als je het vergelijkt met de Middeleeuwen of zo. Met vakantie, passief én actief stemrecht, noem maar op.

Misschien is het daarom dat het woord 'mogen' zo enorm in zwang is geraakt.

Bevind je je in een horecagelegenheid en wil je afrekenen middels de pinpas, dan is het meteen: 'U mag even de pas door de gleuf halen', wat vagelijk obsceen klinkt, maar dat terzijde. Het gaat hier om het mogen. Bedoeld wordt: moeten. Maar dat is natuurlijk onbeleefd. Begrijpelijk, want die hele Befehl-ist-Befehlmentaliteit is alweer een ruime zestig jaar niet echt *hot* meer.

'Mogen' is weliswaar beleefd, maar het heeft ook iets heel schooljufferigs. 'Jullie mogen je dicteeschriftjes pakken.' En: 'Jij mag héél snel je mond gaan spoelen, jongedame.' Of: 'Jij mag even op de gang gaan staan tot je weer afgekoeld bent.' Heel fijn, dat dat mag.

In het ziekenhuis is het ook een festijn van dingen die mogen. Je mag je kleren even uitdoen, dan mag je even op de tafel gaan liggen, dan mag je even tot tien tellen en dan zijn we zo weer klaar. Er zou natuurlijk ook gewoon een verzoek geformuleerd kunnen worden. 'Zoudt u op de tafel willen gaan liggen?' Maar waarschijnlijk lijkt dat toch te veel op de opening van een discussie ('Nou, willen, willen, ik wíl eigenlijk helemaal niet op die tafel. Nu ik erover nadenk.').

Eigenlijk overal waar een vage machtsverhouding bestaat die niet uitgesproken wordt, is er sprake van 'mogen'. Als er wel op een duidelijke manier iets wordt bevolen, dan wordt meestal 'dienen' gebruikt. 'U dient uw papieren bekertjes in de GROENE afvalbak te deponeren!' Geen wonder dat zulk soort taal alleen geschreven wordt. In gesproken vorm zou het te gênant zijn en zou het al snel worden: 'U mag uw bekertje daarin gooien, hoor. Hallo. Uw bekertje. Mag daarin. Juist. Dank u.'

Er zijn mensen die zich zo doodergeren aan 'mogen als bevel', dat ze elke keer als ze hun pas door de gleuf mogen halen, wanhopig roepen: 'O, mag ik dat!' Deze mensen worden nooit begrepen.

Wees voorzichtig met jezelf

'Na drie maanden werken in die kantoorboekhandel heb ik echt tegen mezelf gezegd: "Lidy, dit is roofbouw op je lichaam."'

En dan zit je eraan vast

Ik koester warme gevoelens voor een snackbar in Amsterdam-Oost die Snackbar 'Hallo' heet. Vooral die aanhalingstekens vind ik lief. Ik denk dat alles al geregeld was rondom de nieuwe snackbar, en dat toen bij de notaris ineens de naam opgeschreven moest worden. De snackbarhouder in spe was dat vergeten, en heeft toen in blinde paniek 'hallo' opgegeven. Toevalligerwijs een gouden greep, want niemand vergeet Snackbar 'Hallo'.

Winkels krijgen wel vaker een naam die alleen in een toestand van verminderde toerekeningsvatbaarheid bedacht had kunnen worden. In Ridderkerk zag ik een woondecoratiewinkel die Sophie's Choice heet. Het doet er blijkbaar niet toe dat die naam refereert aan een uiterst droeve film over een vrouw (gespeeld door Meryl Streep) die gedwongen wordt te kiezen welke van haar twee kinderen vermoord zou worden in Auschwitz.

Het gekke is: de woondecoratiewinkel in Ridderkerk is niet de enige Sophie's Choice. Ooit zag ik al een schoonheidsinstituut dat ook zo heette.

Enig zoeken op internet leert dat het daar niet bij blijft. Verschillende kapsalons heten zo. En een Belgische bloemenwinkel (ook voor rouwstukken).

Ook in Engelstalige landen doet Sophie's Choice het goed. Een *fish and chips*-zaak in Birmingham. Een modewinkel in Leeds. En niet te vergeten: in Australië maakt het bedrijf Sophie's Choice natuurlijke hondensnoepjes – zonder toevoegingen!

Waarschijnlijk heet bij al deze bedrijven de eigenares Sophie. Deze Sophie heeft zo'n beetje vagelijk gedacht: was er niet een film met mijn naam erin? 'Het was míjn keuze om eindelijk mijn eigen bloemenzaak te hebben... dus ik noem hem Sophie's Choice!' Het trieste is dat er blijkbaar niemand in de omgeving van zo'n Sophie is geweest die heeft gezegd: 'Meid, enig, maar denk er nog eens over na.'

Overigens heb je het bij andere gruwelijke oorlogsfilms minder. Goed, er blijken behoorlijk wat restaurants te zijn die Goodmorning Vietnam heten. Maar 'Schindler's List, voor al uw bruidsarrangementen', dat zie je nog niet.

Knots

Ik hoorde iemand zeggen: 'Ik ga gewoon de héle kerst lekker knus naast die kerstboom zitten!' 'Knus' betekent niet alleen knus, maar klinkt ook knus.

Andere knusse woorden zijn (en hier kunnen natuurlijk individuele verschillen bestaan): jottem, joepie, knurft, ratjetoe, snufferd, bups ('met de hele bups'), en knots (in de betekenis van 'gek'). Het woord 'knots' is groot gemaakt door de jeugdserie *De familie Knots* (Familie Knots, Familie Knots, Familie Knòòòts, ke-nots, ke-nots), 1980-1984.

Nog niet zo lang geleden hoorde ik hoe het woord 'knots' nieuw leven werd ingeblazen door iemand van de politiebond. Hij had het over de wel erg gulle declaratiecultuur die onder politiechefs was ontstaan, en zei uit de grond van zijn hart: 'Het is werkelijk van de knotse.'

De 'van de'-constructie kenden we voorheen voornamelijk van 'van de gekke', soms ook gespeld als 'van de gekken'. Als je verontwaardigd bent over het feit dat de supermarkt helemaal geen oliebollenmix meer heeft terwijl het nota bene december is, dan kun je roepen: 'Maar dat is toch van de gekke?'

Als variatie hierop heb ik ook wel eens gehoord: 'Het is van de ratten besnuffeld.' Maar echt wijdverspreid is dat nooit geworden.

De uitdrukking 'van de gekke' vindt haar oorsprong in de *cutting edge* comedyserie *Pipo de Clown* (1958!-1980!), omdat Klukkluk de indiaan (nou ja, indiaan... blanke man met vlechten) dat om de haverklap zei. Inmiddels vindt niemand het meer Klukkluktaal, maar serieuze taal die je nu eenmaal nodig hebt als je verontwaardigd bent. 'Vorig jaar stuurde ik driehonderd kerstkaarten. Driehonderd. En weet je hoe veel ik er terugkreeg? Vijf! Het is van de gekke.'

Om de 'van de'-constructie te gebruiken met het

woord 'knots' was helemaal nieuw. Hulde dus aan de man van de politiebond, die op uiterst knusse wijze zowel een hommage bracht aan Klukkluk als aan de gehele familie Knots. 'Van de knotse.' Laten we proberen 'm erin te houden.

Keihard genieten

'Ik kan gewoon zó genieten van de herfst! Echt niet normaal! Keihard die wind door mijn haren! Tuurlijk!'

Zomaar

Er is iets aan de hand met het woord 'zomaar'. Vroeger werd zomaar alleen gebruikt om toeval of willekeur uit te drukken. 'Waarom hebben jullie dat bushokje vernield?' 'Kweenie. Zomaar.'

Nu heeft 'zomaar' weinig meer met zomaar te maken. Let er maar eens op. Hoe vaak hoor je tegenwoordig niet een gesprekje als dit: 'Ga je nog naar de sportschool?' 'Dat zou zomaar kunnen.' Daar zit geen toeval meer bij, deze persoon gaat zeker naar de sportschool, maar hij wil het op een relaxte, haast nonchalante manier uitdrukken.

Ook zonder dat er een vraag aan voorafgaat, is 'zomaar' prima te gebruiken, indien gewenst uitgebreid met 'ineens': 'Ik denk dat ik zomaar ineens een biertje ga nemen.' De gesprekspartner kan dan antwoorden: 'Ja, doe eens gek.'

Het moderne 'zomaar' wordt vooral gebezigd door

mensen die onproblematisch van aard zijn, of zo willen overkomen. Het omgekeerde van de zomaar-mens is de onmiddellijk-mens: 'Ik wil dat die vuilniszakken onmiddellijk van de overloop verdwijnen!' De zomaarmens zou dezelfde uitspraak zo formuleren: 'Weet je wat zomaar heel erg leuk zou zijn? Als die vuilniszakken buitengezet zouden worden.'

Interviewers bedienen zich ook graag van 'zomaar'. In dat geval heeft het te maken met het verschijnsel 'voorgesprek'. Tijdens een voorgesprek wordt het hele interview alvast voorgekookt, waardoor het interview zelf alleen nog maar een toneelstukje is, waarin het voorgesprek wordt nagespeeld. Een tijdje geleden hoorde ik op de radio de interviewer tegen de geïnterviewde zeggen: 'En nu denk ik zomaar dat er nog wel wat meer aan de hand is, met die polders.' 'Nou, inderdaad,' kan de geïnterviewde dan beginnen. En de luisteraar weet: deze vraag kwam niet uit de lucht vallen, hier was sprake van voorkennis. Dat de interviewer laat merken dat hij al weet wat het antwoord is, is slim; hij erkent dat het interview tot op zekere hoogte gescript is, maar die erkenning zelf lijkt spontaan en natuurlijk. En dan kom je zomaar ineens best professioneel over.

Waar dan?

'Ik ben daar gek.'

Los hoofd

Fysiotherapie is toch een betaalde vorm van intimiteit. Vermoed ik. Ik denk tenminste niet dat de oermensen, die elkaar de hele tijd aan het vlooien waren, behoefte hadden aan een fysiotherapeut (wel een mooi idee, een fysiotherapeut met zo'n uitklapbank die de grot binnenstapt).

Ik heb een fysiotherapeut gehad die mijn hoofd als een bal in zijn handen liet rondrollen. En daarna zei hij: 'Ik vind het heel mooi dat je je zo kunt overgeven. Heel mooi. Heel mooi.' Mijn nek voelde een beetje raar, en ik vond het eigenlijk ook niet echt goed dat ik mijn hoofd zomaar in handen legde van een volstrekt vreemde. Maar ook weer trots hè, dat ik de beste patiënt was.

Mezelf

Onlangs liep ik bij station Rotterdam Centraal, waar ik een jongen van midden twintig met een zwaar Surinaams accent hoorde zeggen: 'En toen dacht ik bij mezelf, dit gaat niet werken.'

Grappig: ik veronderstelde altijd dat vooral opa's en oma's 'bij zichzelf' dachten. 'Ik denk bij mezelf, ik neem er een advocaatje bij. Dat heb ik wel verdiend.' Ik denk dat kabouters, zo ze bestaan, ook vaak iets bij zichzelf denken. Het klinkt gezellig. De jongen op het station had echter heel coole gympen aan, en er liep ook een lekker wijf naast. Dat 'bij mezelf' gaf hem toch iets kneuterigs.

Door jongere mensen wordt 'bij mezelf' meestal min of meer ironisch gebruikt, en ook nog meestal in de tweede persoon: 'Jaja, jij dacht zeker bij jezelf: ik laat die vuilnis wel staan, iemand anders ruimt het wel op? Lekker is dat.'

'Ik merk bij mezelf' is dan weer wel ongekend populair. 'Ik merk bij mezelf dat ik heel erg behoefte heb aan dingen doen waar ik gewoon een positief gevoel van krijg.' We kennen het type.

'Bij mij' kan ook gebruikt worden om gedachten te uiten, namelijk op deze manier: 'Bij mij is het echt zo van, ik zie het allemaal wel.' Dat klinkt wel interessant, alsof je geest een huisje is waar van alles gebeurt. Een soort 'bij ons in de Jordaan', maar dan 'bij mij in mijn hersenen'.

Wat ik minder hoor, de laatste tijd, is 'ik voor mij'. Toen ik nog kind was waren er hordes volwassenen die zinnen uitkraamden als: 'Ik voor mij vind relatietherapie niet zo'n punt. Maar Bart-Jan is mordicus tegen.' Je hoorde nooit 'hij voor hem' of 'zij voor haar'. Alleen maar 'ik voor mij'. Alleen volwassenen zeiden het. Als kind wist je destijds intuïtief al dat die uitspraak weer uit zou zijn tegen de tijd dat je zelf volwassen zou worden. Dat je veroordeeld zou zijn tot 'Bij mij is het echt zo van'. En dat je alleen als je heel erg cool was, zó cool dat je schijt had aan cool-zijn, dat je dan, af en toe, mocht zeggen: 'Ik dacht bij mezelf.'

Wegkwijlen

Er is een (voor mij legendarische) aflevering van het realityprogramma *Ik Vertrek*, waarin een goeiïge man een hotel in Oostenrijk was begonnen. Dat was inmiddels al half mislukt, omdat het hotel boven op een berg lag waar niemand kwam. Vooral de dochter van de familie leed eronder, vertelde de man: 'Natelie zat op die berg gewoon helemaal weg te kwijlen.' Wat een fantastisch woord! Waarom zeggen we niet allemaal 'wegkwijlen', in plaats van 'wegkwijnen'? Wegkwijlen is zo veel beter en beeldender. Alsof je het uit pure depressie niet meer kunt opbrengen om te slikken, en al het kwijl maar gewoon naar buiten laat lopen. Boven op een berg.

Nadat zijn dochter weggekwijld was, besloot dezelfde man een pension op te zetten in een dal. 'En als mensen op internet dan zeggen, van, hun kunnen er helemaal niks van, nou, met dat soort mensen, daar lik ik echt mijn reet mee af.' Alweer: zo mooi en zo beeldend. Inmiddels zeg ik het zelf ook zo, en dat bevalt me prima.

Non

Non-food is een categorie in de supermarkt. Daar zit geen waardeoordeel in, maar zo klinkt het wel. 'Wat is dit voor non-food, hé! Sjongejonge, niet te geloven.'

Jjjjja

Nederland is een land van dominees en onderwijzers. Dat hoor je wel eens. Ik weet niet of het echt zo is, maar als je dat in je hoofd houdt, dan verklaart het een hoop over hoe de Nederlander praat.

Zo zijn er mensen die vroeger te veel naar de kerk moesten. Zij hadden daar een hekel aan, maar het dominee-geluid hebben ze helaas wel geïnternaliseerd. Ook als ze zelf niets dominee-achtigs doen. Zo iemand kan op galmende toon zeggen: 'Maar waaróm heb ik gekozen voor de telecomsector? Welnu...' Een dominee-prater wordt liever niet onderbroken. Onderbreek je hem toch, dan wordt hij niet boos. Hij sluit alleen even de ogen, trekt zijn wenkbrauwen op en houdt de adem in. Vervolgens gaat hij door waar hij gebleven was als iedereen weer stil naar hem zit te luisteren. Zoals het hoort.

De onderwijzersklank hoor ik nog veel vaker.

Onderwijzerstypes houden ten eerste vaak de eerste letter van een woord veel te lang aan. Onlangs op de radio, een expert op het gebied van het een of het ander: 'En dat gaat natuurlijk weer ten koste van de llllleefbaarheid.'

Hij legde ook een kleine nadruk op het woord 'de', en liet een pauze vallen voor 'llllleefbaarheid': 'dé... llllleefbaarheid.' Het klonk alsof hij ons zelf de kans wilde geven het juiste woord in te vullen.

'En de koe geeft...? Mmmmmelk. En van melk maken we? Iemand? Wie? Juist: kaas. En een mannetjeskoe heet een...? Ssssss... sssstier. Inderdaad. Nou. En nu in je eigen woorden.' Een onderwijzerstype kan ook heel ondersteunend knikken als je zelf iets vertelt, waarbij hij zegt: 'Jjjjjja... Jjjjjja...' Als je je verhaal goed hebt verteld, krijg je een stickertje.

Het zijn geen onsympathieke mensen. Maar als je je eenmaal bewust wordt van de uitgerekte eerste letter, luister je nergens anders meer naar. Waardoor je niet meer begrijpt wat iemand eigenlijk probeert te zeggen.

Ook op de radio: 'Als de rivier in sommige perioden... lllllaag staat, is het zaak dat we ook dán... mmmmmm-maatregelen nemen.' Verder niet kunnen ontdekken wat de portee van het verhaal was. Ik vroeg me meer af wanneer de vakantie begon.

Vieze woorden

Er zijn woorden die vies klinken, maar die het volgens de officiële lezing niet zijn. Dat kan individueel verschillen. Ik ken iemand die het woord 'verbandje' niet kan horen zonder over haar nek te gaan. Hetzelfde heeft ze met 'wondje'. Nu vind ik 'wondje' en 'verbandje' ook alle twee niet zulke lekkere woorden, maar ik neem er ook niet echt aanstoot aan.

Wel vies vind ik woorden als 'vleesje', in de betekenis van 'mmm! Aardappelen met een lekker vleesje erbij!' Het woord 'gordeldier' vind ik ook vies, terwijl ik het dier zelf niet afstotelijk vind.

Een woord dat ik recent aan mijn persoonlijke lijst van vieze woorden heb toegevoegd, is een woord dat ik vaak hoor op Radio 4, de klassiekemuziekzender. Dat woord is: organist. Ik vind organist een heel vies woord, waarschijnlijk omdat het beelden oproept van orgaanvlees. Dat gecombineerd met de uiterst rustige en redelijke spreekstijl van de gemiddelde Radio 4-presentator: Huu. 'En dan gaan we nu luisteren naar het vierde deel van de orgelsuite van Von Stufenboppen, en de organist is Jürgen von Zwiebelsuppe.'

Verbeeld ik het me maar? Of genieten de presentatoren van Radio 4 net iets te veel van dat woord organist? Alsof ze weten dat het een vies woord is, en blij zijn dat ze het mogen uitspreken? Organist. Organist. Orrrganist. Bah.

Utker

Inmiddels heb ik begrepen wat de mensen over het algemeen bezighoudt in onze taal. Dat is niet grammatica, dat is niet het hun/hen-dispuut, dat is niet het kofschip. Wat mij al talloze malen is gevraagd, in verschillende settings en vanuit verschillende lagen van de bevolking, is dit: 'Het merk Dr. Oetker, dat wij kennen en waar wij van houden, wordt in de reclame ineens Dr. Utker genoemd. Waarom is dat?'

Het makkelijke antwoord is: Utker is de correcte Duitse uitspraak – in plaats van een umlaut kun je ook een e achter een letter plaatsen. Er staat dus eigenlijk Ötker, en dat spreek je inderdaad uit als Utker.

Maar dat verklaart niet alles. Want waarom zeiden ze in de reclame vroeger dan wel Oetker? Blijkbaar heeft er een omslag plaatsgevonden – om precies te zijn: in mei 2009. Realiseerden ze zich toen ineens dat 'oetker' associaties oproept met 'oetlul'? Maar dan: 'utker' klinkt óók heel lullig (of kuttig).

Op de website van Dr. Oetker staat dat ze er trots op zijn dat Dr. Oetker een familiebedrijf is (Dr. August Oetker vond in 1891 in Bielefeld het bakpoeder Backin uit), en dat daarom de naam moet worden uitgesproken zoals de familie het zelf doet.

In een *Keuringsdienst van Waarde*-momentje toch maar eens Dr. Oetker opgebeld, voor nadere toelichting. Want waarom toch inééns die omslag? Het was toch altijd al een familiebedrijf? Wat is er gebeurd?!

Met ingehouden zucht (ik was niet de eerste die belde) zegt de secretaresse van Dr. Oetker: 'Er is niets aan de hand. Het is gewoon belangrijk dat onze naam goed wordt uitgesproken.' Onbevredigend antwoord. 'Is er een nieuw management of zo?' 'Nee, er is echt niets.'

Jaja. Onderzoeksjournalisten, eropaf!

PER ONGEKAK

Ouderwetse bekakte mensen zeggen 'durp' in plaats van 'dorp'. En 'mandverzorging' in plaats van 'mondverzorging'. Er zijn ook woorden die bekakt klinken zonder dat ze dat zijn. Iemand die daadwerkelijk 'Van Gurp' heet, in plaats van 'Van Gorp', klinkt onbedoeld bekakt.

De Afghaanse provincie Helmand kampt ook met dit probleem. Als ik erover hoor denk ik altijd eerst dat er een of andere barones aan het woord is, die het over Helmond heeft.

RÂNDEMÂN

Ooit hoorde ik iemand een toespraak ergens over houden. Wie het was en waarover het ging weet ik helaas niet meer, want ik raakte geobsedeerd door zijn uitspraak van het woord 'rendement'. Hij zei namelijk 'rândement'.

Zelf spreek ik rendement precies zo uit als je het schrijft. Maar deze man wilde blijkbaar de Franse oorsprong van het woord benadrukken. Dat is op zich prima. Maar waarom dan niet *all the way* gegaan? Zeg dan 'rândemân'. Voor de duidelijkheid: de dakjes op de a's geven hier de neuzige manier aan waarop Fransen een lettergreep eindigend op -n uitspreken. Alsof ze midden in een woord ineens verkouden worden.

Met Franse woorden is het altijd schipperen. Neem croissant. Zeg je krwassân? Krassân? Of gewoon kras-sant? (Ik hoorde een lief persoon 'krozant' zeggen – dat is natuurlijk het beste.)

Er is wel eens iemand in mijn aanwezigheid gaan fulmineren tegen die verschrikkelijke mensen (kon je ze eigenlijk wel mensen noemen? Wilden waren het!) die 'restorant' zeggen, in plaats van 'restorân'. Jaja, knikte ik zo'n beetje. Ik durfde toen niet echt meer toe te geven dat ik zelf meestal ook 'restorant' zeg. 'Caba-reTTT!' riep hij. 'Ook zoiets! Het is cabarè!' Jaaa, knikte ik, want dat vind ik toevallig ook. Die t hoort niet ach-ter cabaret, maar achter restaurant vind ik hem prima. 'Plafont!' riep de man.

Maar dezelfde mensen die vinden dat je restaurân moet zeggen, en plafôn, vinden het waarschijnlijk weer heel overdreven en kakkineus als je 'rwajaal' zou zeg-gen tegen 'royaal'.

Het is dus moeilijk balanceren tussen té Frans, en niet Frans genoeg. Zeg je 'envelop' of 'ânvelop'? 'Ar-gitekt' of 'arsjitekt'? 'Regisseur' of 'rezjisseur'? Ik zeg 'papjé masjé' tegen papier maché. Schijnt verschrikke-lijk te zijn. Alsof je ook in staat zou zijn om opeens 'par-bleu!' uit te roepen.

Raar eigenlijk dat we ons nog steeds druk maken om Franse woorden. Het is tenslotte alweer meer dan honderd jaar geleden dat het Frans als coole taal gold, waar je zo veel mogelijk vanaf moest weten. Maar blijkbaar heeft het Frans toch een zeker zjuhnuhsekwà waardoor het ons blijft fascineren.

DE J-KLANK

Als kind leer je lezen door middel van het koppelen van een klank aan een letter. Vervolgens lees je een stel letters, daarbij maak je de bijbehorende klank, en dan begrijp je als het goed is welk woord er bedoeld wordt. M-e-l-k. Melk. Dat is een mooi systeem. Chinese kinderen hebben die luxe niet, bij het leren lezen.

Er zijn ook mensen in Nederland die de luxe van ons klanksysteem nog niet ver genoeg vinden gaan. Die vinden dat we veel fonetischer zouden kunnen schrijven. En azdat dan regjonale verschille oplefert, so bie it. Azzut ma enigsins begijpuk is.

Nou goed, dit was vooral in de jaren zeventig. Maar toch, het idee dat een letter en een klank met elkaar corresponderen, dat zit er bij de meeste mensen ingeramd.

Dat idee gaat voorbij aan het gegeven dat vele klanken op vele manieren worden uitgesproken, en met elkaar worden vermengd. Zeg ik 'Paulien', dan is de l-klank redelijk licht. Zeg ik daarentegen 'Paul', dan eindigt die l ergens achter in mijn keel, het wordt een soort oe-klank. (Pauw en Witteman wordt derhalve, uit een soort hypercorrectie, bij veel mensen weer Paul en Witteman – ook omdat het natuurlijk heel onhandig is dat Witteman 'Paul' van z'n voornaam heet. Maar daar gaat het nu niet om).

De laatste tijd heb ik veel nagedacht over de j-klank. ('Wat is je hobby?' 'Nadenken over de j-klank.' 'O... ké...')

Want kijk. De j-klank kan met vele andere klanken vermengd worden. Hiertoe zet je je mond in de j-stand, en tegelijkertijd spreek je een andere klank uit. Dat is niet weer te geven in schrift, dus zet ik ze even naast elkaar.

Neem de 'jn'-klank, de 'j' en de 'n' vermengd dus. Zeg eens: 'Ik kajn jniet.' Dit komt erg in de buurt van het plat Amsterdams. 'Jnee, ik heb geejn si'jn om te wajndelojn.' ('Nee, ik heb geen zin om te wandelen.')

Maakt de j-klank alles ordinair? Verre van.

Combineer hem eens met de r-klank. Ik heb het nu over de Gooise r, ook wel de Amerikaanse of de Kinderen-voor-Kinderen-r genoemd. Deze r wordt alleen aan het einde van een lettergreep gebruikt. En zeg nu eens het woord 'ojrnamentje'. Of: 'Wij gaan elk jaajr naar de Côte d'Azujr, dat vinden wij heejrlijk.' Die j-klank maakt die hele zin kakkineuzer! Overigens komt de jr-klank natuurlijk ook weer voor in het plat Leids, en dan is het weer niet bekakt. Het ligt er in dat geval maar aan hoe je je andere klanken uitspreekt.

Kortom: heerlijke hobby.

Activiteiten die gezond en actief lijken, maar die in feite duiden op een verborgen depressie

- Yoga doen in de sauna
- Eigen basilicum kweken
- Roepen: 'Als ik niet sport, kan ik m'n energie niet kwijt!'
- Een bultig gezondheidskussen kopen en dan zeggen dat je rugpijn helemaal weg is, niets meer van over!
- Veel tijd besteden aan het bereiden van gecompliceerde sauzen

- Zeggen: ‘Wij houden heel erg van met vrienden lekker uitgebreid eten, en dan kan het zo ineens drie uur ’s nachts zijn, en dan zeggen we zo van: “*What happened?*”’

Daar niet van

Soms hoef je maar een heel klein gedeelte van een gesprek op te vangen om de rest van de conversatie in te kunnen vullen.

Het scheepvaartevenement Sail was in Amsterdam. Op zeker moment tijdens dit evenement liep ik langs twee vrouwen uit mijn straat, die met elkaar aan het praten waren. De ene zei: ‘Nee, ik vind het prachtig hoor, al die schepen. Daar niet van...’

Dat ‘daar niet van’ deed het hem. Ik hoefde niet verder te luisteren, want de rest van het gesprek zou gaan over de drukte in de stad, en de heisa die er gemaakt werd. En de troep opruimen ho maar. En allemaal voor die vloot schepen die prachtig waren, daar niet van.

‘Daar niet van’ is een leuke uitdrukking. Het is bedoeld als relativering van geklaag. ‘Daar niet van’ doet alsof er sprake is van objectiviteit. Maar dat is helemaal niet zo. ‘Ik vind Erna een heel aardig mens, daar niet van, maar ik vind het best wel raar dat ze nooit op feestjes komt en zo. En zonder af te zeggen ook nog.’

‘Daar niet van’ hoort thuis in de familie van ‘begrijp me niet verkeerd’ en ‘met alle respect’. Maar ‘daar niet van’ is gezelliger. Het past meer bij twee vrouwen in de

Amsterdamse Staatsliedenbuurt, die klagen over Sail.

Toen ik een kwartier later weer langs mijn buurvrouwen liep, stonden ze er nog steeds. 'En die troep, hè,' hoorde ik de een zeggen. De ander knikte instemmend.

Moeder de vrouw

Moeders hebben het niet makkelijk. Ten eerste moeten ze het maar goedvinden dat er met enige regelmaat tegen ze gezegd wordt: 'Meid, natuurlijk ben je uitgeput! "Moeder" is namelijk de overtreffende trap van "moe"!' Daar moeten ze zich getroost door voelen.

Jonge moeders worden door wildvreemden 'mama' genoemd. 'Zooo! Mama is lekker van de zon aan het genieten?' Als de moeder in kwestie dan antwoordt: 'Ik bén je mama niet,' dan geeft ze het slechte voorbeeld aan haar kind, dus moet ze sereen zwijgen, gelijk de maagd Maria.

Daarnaast zijn er ook nog steeds mensen die het over 'moeder de vrouw' hebben. 'Moeder de vrouw' is een nogal vreemde uitdrukking – je hoort nooit 'vader de man' of 'dochter het meisje'. 'Moeder de vrouw' klinkt extreem Oud-Hollandsch, ik visualiseer er ook meteen een schort bij, en tien blonde kinderen. De meeste mensen gebruiken die uitdrukking wel met enige ironie. Maar zoals het gaat met dingen die je vaak zegt: op een gegeven moment vergeet je de ironie en zeg je dus eigenlijk gewoon serieus 'moeder de vrouw'.

'Moeders' hoor je ook nog steeds. 'Nou, ga maar snel naar huis, moeders heeft de thee waarschijnlijk al klaarstaan.'

Het allerergste woord dat met 'moeder' te maken heeft, komt tot ons via (hoe kan het ook anders) het internet. Dit woord is, pardon, 'milf'. Milf? Klinkt als melk die muf is geworden, of een nieuw soort mottenbal. Maar nee, 'milf' heeft te maken met porno, het is een acroniem van '*Mother I'd like to fuck*'. Er is een zeer groot pornogenre rondom het fenomeen milf. Overigens hoeft de milf niet per se een moeder te zijn, ze moet alleen stokoud zijn, zesentwintig bijvoorbeeld.

Spreekwoordelijk

'Nee, dat dolfijnzwemmen deden we alleen voor de spreekwoordelijke leuk.'

Komt goed!

Mensen houden van kordaatheid. Stel, je komt met het volgende probleem: 'Het kraantje bij de wc drupt de hele tijd. Kun jij er misschien even naar kijken?' Dan wil je niet dat degene tegen wie je dat zegt begint met: 'Ehm, ja, in zoverre, ik kán er wel even naar kijken, alleen het ligt er maar helemaal aan of de hoofdkraan ook afgesloten kan worden, het wordt trouwens waarschijnlijk toch pas in de loop van volgende week dat ik eraan toekom...' Vooral dat 'in de loop van volgende week' is om gek van te worden. Wanneer begint 'de loop'? Wanneer is 'de loop' afgelopen?

Je wilt natuurlijk dat de ander meteen de waterpomptang tevoorschijn tovert en zich op het kraantje bij de wc stort.

Er zijn dus mensen die vaag lullen, en er zijn mensen die aanpakken.

Maar er is nog een derde type mens. Dat is het 'Komt goed!'-type. Het 'Komt goed!'-type roept op elk opgeworpen probleem 'Komt goed!'. Of, om zichzelf extra kracht bij te zetten: 'Gaat helemaal goed komen!'

Met het 'Komt goed!'-type is het moeilijk omgaan. Afgaande op de kordate taal zou je verwachten dat het iemand is die binnen de kortste keren dingen met de waterpomptang aan het doen is.

Maar de ervaring met dit type mens leert: er gaat helemaal niets gebeuren. En juist daarom wordt er zo hard 'komt goed' geroepen. Bij het 'Komt goed!'-type kun je niets terugzeggen, want alles wat je zegt maakt je tot een suffe trut ('Maar wanneer komt het dan precies goed?' – hè bah, wat een sfeerverpestend vraagje). Het enige waar bij het 'Komt goed!'-type ruimte voor is, is een opgestoken duim en een joviaal 'Hee, bedankt man'. Om vervolgens zelf op zoek te gaan naar de gereedschapskist.

Sjamoon

Was het zijn muziek? Zijn tragische levensverhaal? Zijn superieure danskwaliteiten? Zijn witte sokken? Zijn rijkdom? Zijn gekte?

Ik beperk me maar even tot zijn gekke kreetjes en gilletjes. Want als er iemand qua kreetjes en gilletjes met kop en schouders boven de rest van de wereld uitstak, dan was het Michael Jackson wel.

Ten eerste was er natuurlijk het hoog uitgeroepen 'Hie! Hie!' Gewoon tussen twee zinnen in ('*The kid is not my son*... Hie! Hie!'). Soms deed Michael ook een hoog 'hoe!' (wederom: 'The kid is not my son... Hoe!')

Dan waren er ook nog de ritmische hijgjes (hier aangegeven door 'hhh'): 'Hhh Your butt is mine, gonna take you right hhh' (vreemde tekst overigens voor iemand die wanhopig als hetero wilde overkomen, maar soit).

Het ultieme Michael Jackson-woord is natuurlijk 'sjamoon'. Hij roept het bijvoorbeeld een groot aantal keren in 'Bad': *'You know I'm bad, I'm bad, sjamoon.'* Waarom? Wat betekent sjamoon? Ik sprak iemand die het altijd had geïnterpreteerd als 'sjamaan', en iemand anders die dacht dat het in de verte iets te maken had met 'shampoo'. Maar de meeste mensen dachten dat het niets betekende. Gewoon een Michael-woord.

In Amerika schrijven ze 'sjamoon' als 'shamone'. En een klein kijkje in de officiële songteksten leert dat Michael Jackson het zelf schreef als 'come on'. Dus dat betekent het. 'Kom op'.

Toch een beetje jammer.

Sjamoon was zo leuk toen het nog niets leek te betekenen. Alsof je zelf ook zomaar een woord kon bedenken dat niets betekende, dat op willekeurige momenten mocht uitkraaien en dat dat dan je handelsmerk werd. In Nederland is dat voor zover ik weet alleen Emiel Ratelband gelukt.

Tsjakkaaa.

Stel, tante Guusje is ziek. Ze gaat naar de huisarts, maar die verwijst haar door, laten we zeggen naar een cardioloog.

Grote kans dat tante Guusje nu zegt: 'Ik moet nu naar de specialist...'

Het rare hieraan is ten eerste dat ze het niet gewoon heeft over de cardioloog. Want daar gaat het tenslotte om. Waarom dat vage 'specialist'?

Ten tweede is het raar dat het in zulk soort gesprekken altijd over 'de' specialist gaat, nooit over 'een' specialist. Terwijl dat logischer zou zijn. Iedereen heeft als het goed is maar één huisarts. Dat is dus 'de huisarts'. Maar specialisten? Daar zijn er zo veel van! 'De huisarts heeft me doorverwezen naar een specialist' zou dan logischer klinken. En dan zou je kunnen uitweiden over wat voor specialist het dan is.

Misschien is dat gebruik van 'de' in plaats van 'een' wel een manier om een enge medische behandeling minder eng te maken. Ik ga naar de bakker, de groenteboer, en de specialist. Alsof je de specialist net zo goed kent als de huisarts.

Dat verklaart misschien ook waarom er zo gehangen wordt aan dat vage 'specialist'. Stel, je hebt kanker maar je wilt het eigenlijk nog niet echt weten. En je moet toch iets vertellen over wat er gaat gebeuren. Dan is het niet prettig om te zeggen: 'Ik moet nu naar een oncoloog.' 'De specialist' klinkt dan beter. Specialist heeft zelfs een enigszins positieve connotatie: de speciale behandeling, speciaal voor u, patatje speciaal. Zie je wel, niks aan de hand.

Daar ben ik van

Onlangs in het wild gehoord: 'Jaaaa, asperges! Daar ben ik wel van, hoor!'

En ook: 'Nee, ik ben niet zo van groepsreizen.'

Je kunt dus ergens 'van' zijn. Bedoeld wordt dat je iets leuk/lekker/fijn/goed/prettig vindt, maar blijkbaar is het te saai om dat gewoon te benoemen. 'Ik vind groepsreizen niet leuk' klinkt ook wat neurotischer dan 'ik ben niet van groepsreizen'. Alsof je echt een probleem hebt, terwijl problemen, daar ben je juist helemaal niet van.

Ergens wel of niet van zijn zegt meer iets over hoe je nu eenmaal bent. Over je karakter. Aan je karakter kun je niets doen, en je kunt er dus ook niet op aangevallen worden. 'Ik ben best wel van de McDonald's, maar dat is persoonlijk hoor.' (Zeggen dat iets persoonlijk is, is ook een effectieve manier om jezelf onkwetsbaar te maken. Je hebt het namelijk alleen maar over je eigen knotsgekke individualistische ikje.)

Letterlijk geïnterpreteerd klinkt 'ergens van zijn' raar. Alsof je iemands eigendom bent. En dan is die iemand ook nog eens niet een persoon. 'Ik ben héél erg van de gezellige alpenhut!' Dat is een normale uitspraak.

Vermoedelijk is het 'zijn van' bedacht door mensen die overal graag een clubgevoel op willen projecteren. 'Ergens van zijn' zou dan een soort afkorting zijn van 'ergens lid van zijn'. Ik herinner me van vroeger wel dat er kinderen waren die zeiden: 'Ik ben van de *Donald Duck*.' Dat betekende dat je erop geabonneerd was, en dus tot een (niet zo heel selecte) groep uitverkorenen behoorde.

Dat oprechte clubgevoel is nu uitgebreid naar de meest abstracte begrippen. 'Ik ben gewoon heel erg van lekker in mijn eentje op de bank naar de tv kijken met een kopje thee erbij.' 'O ja? Daar ben ik ook héél erg van!' En ziehier: een nieuwe club is geboren.

Foute grap

Mensen zijn mensen, en die maken dus graag foute grappen. Wat is een foute grap? Dat is een grap die kwetsend is of smakeloos. Iets over hoofddoekjes, bijvoorbeeld. Of over een vluchtelingenkamp. Verzin zelf maar.

Er bestaat een soort boterhamworst waarbij de plakjes het gezicht van Bassie (je weet wel, van Adriaan) vertonen. Deze worst heet de Bassie-worst. Bassie heeft hierover wel eens gezegd: 'Nou, ik heb mijn vrouw nog nooit horen klagen over mijn worst!' Dit is een foute grap, want – gadver ik krijg nu beelden binnen.

Ik denk dat Bassie het zelf gewoon een 'goede grap' vindt, en er verder dus niet mee zit.

Maar ook mensen die wel het onderscheid kunnen maken tussen smakeloos en niet-smakeloos, worden natuurlijk voortdurend overvallen door grappen die niet leuk zijn. Of misschien wel leuk, maar toch ook heel erg fout.

Dan kun je twee dingen doen. Je kunt je mond houden. Of je maakt de grap lekker wel. Maar dan moet je natuurlijk wel laten weten dat je eigenlijk van een hoger niveau bent, dus dan zeg je: 'Sorry, heel foute grap.'

Ik heb het gevoel dat het vooral het type corpsbal is dat het vaakst voor deze laatste optie kiest. Toch de grap maken en dan 'heel fout', of 'foute grap' zeggen. En hard door blijven lachen. Dat schept saamhorigheid. En je vrienden zien dat jij een foute grap durft te maken.

Sommige cabaretiers hebben last van het fenomeen 'foute lach'. Ze maken een grap over mensen die pijnlijke grappen maken, bijvoorbeeld over moslims. Voor de cabaretier is het zonneklaar dat er gelachen zou moeten worden om mensen die zulke foute grappen maken. Maar de meerderheid van het publiek lacht om de moslimgrap; dat is een foute lach. Dat wil overigens niet zeggen dat iedereen die 'fout' lacht, tegen moslims is. Het kan natuurlijk ook bevrijdend zijn om te lachen om iets waarvan je nu eenmaal hebt geleerd dat je daar helemaal niet om mag lachen.

Mijn hele lagereschooltijd ging het bij elk kringgesprek over Ethiopië, en hoe erg alles daar was. Om de eerste Ethiopiëgrap die ik hoorde (waarom doet Luxaflex het zo goed in Ethiopië? Omdat ze stapelbedden nodig hebben), heb ik hard gelachen. Niet omdat ik de Ethiopiërs niet zielig vond. Maar omdat het zo fijn was om even uit de gewijde sfeer van gedwongen medelijden te breken. Ik weet het. Heel fout.

Coole woorden die je niet meer hoort

1) Ahumba!

Iemand zegt iets waar je het niet mee eens bent. Dat kon je in de jaren tachtig laten weten door hard Ahumba! te roepen, een soort verlenging van 'ahum'.

2) Kapoerewitos.

'Mijn fiets is stuk' was vroeger 'mijn fiets is kapoerewitos'. Was meteen een stuk minder erg.

Proces

Iemand vraagt aan een jurylid van een of andere wedstrijd: 'En hoe zijn jullie nou tot een winnaar gekomen?' Het jurylid zegt: 'Jaaaa... het was een heel... proces.' Dan weet je het wel. Dat is een eindeloze, verbeten discussie geweest. De juryleden hebben elkaar bijna de hersens ingeslagen. Het woord 'unaniem' is een grap geworden.

Een proces, dat is nooit iets leuks. Het is iets moeizaams, iets waar je 'doorheen moet'. Misschien heeft dat iets te maken met de rechtbank, waar een proces natuurlijk per definitie niet leuk is.

Maar meer nog heeft het, denk ik, te maken met psychologen, coaches en trainers. Die hebben het woord 'proces' populair gemaakt. 'Tuurlijk! Je bent nog niet echt lekker op je plek op de afdeling! Zou ook heel erg raar zijn! Want het is een proces!' In dit gebruik van 'proces' lijkt het of het doormaken ervan noodzakelijk is. Dat je er uiteindelijk 'sterker uit komt' dan wanneer alles in één keer goed was.

Ooit werd er nog van uitgegaan dat niet elk proces vervelend was. Dan moest je het er nog bij zeggen als dat zo was, in de vorm van 'het was een moeizaam proces' of 'het was een leerzaam proces'. Omdat iedereen inmiddels wel weet dat een proces altijd stroef verloopt, volstaat 'een proces' gewoon. 'Het opvoeden van een jonge hond is een proces, zo is het nu eenmaal. Daar ontkom je niet aan.'

Vagere types proberen nog wel eens iets met het

woord ‘spectrum’: ‘We zijn met z’n allen door een heel spectrum aan emoties heen gegaan, waardoor we elkaar uiteindelijk beter hebben leren kennen...’ De goede verstaander weet dat hier sprake is geweest van een proces.

Punten zetten

Wat mij opvalt. Is dat jonge meisjes. Van zeg maar zestien. Soms. Ineens. Midden in een zin. Een punt zetten.

En. Dan. Zeg maar. Best wel. Kordaat overkomen. Ineens.

Raar.

Ik was in een restaurant in Wassenaar, waar mensen van zestien op eigen gelegenheid sushi aan het eten waren – op zich al bijzonder om te observeren. Maar qua taal was het helemaal interessant, want het was één groot festijn van punten midden in de zin. ‘Nee. Mijn oma is wel chill. Maar. Ze is gewoon wel oud. Zeg maar. Echt iets van. Tachtig. Of zo.’

‘Jezus. Heb je nog nooit sushi gegeten of zo. Echt. Niet normaal. Hoe jij die stokjes vasthoudt.’

Ik denk dat het een reactie is op de trend die óók onder zestienjarige meisjes heerst, en dat is de vraagtekenhype. In de vraagtekenhype wordt elke zin met een vraagteken afgesloten? Ook als het geen vraag is? ‘Hoi, ik ben Anne? Ik wil later psychologie studeren?’

Of zou deze hype alweer een beetje voorbij zijn? Zeg maar, best wel jaren negentig? Eigenlijk?

Ooit hielden meisjes van zestien juist heel erg van uitroeptekens! Omdat alles onwijs gaaf was of juist zwaar klote! Bijvoorbeeld in de jaren tachtig! Met fluorescerend roze beenwarmers! Gaaf! Of dat je ouders helemaal niet begrepen wat er gaaf was aan punk! Klote!

Het decennium dáárvoor stond wat betreft de meisjes dan weer in het teken van de vele puntjes... Lekker je dagboek mee volmijmeren... En ook in je spraak laten terugkomen... Omdat iedereen z'n eigen werkelijkheid had... Natuurlijk, er waren in de jaren zeventig ook al veel uitroeptekenmeisjes! Maar het gaat hier om gemiddelden... En ik heb er trouwens ook geen onderzoek naar gedaan... Het is meer een gevoel... Vanbinnen...

Eerst puntjes, daarna uitroeptekens, toen vraagtekens – nu hebben de meisjes eindelijk een punt gezet. In dat licht bezien is het nog niet zo'n slechte ontwikkeling. Dus.

Nieuw

Grijs is het nieuwe zwart
De winter is de nieuwe herfst
De reiger is de nieuwe mus
De biefstuk is de nieuwe slavink
De vrouw is de nieuwe man
De allochtoon is de nieuwe Nederlander

NUMMERBORDEN

Door een foutje van de computer werden er nummerborden uitgegeven waarin de combinatie NSB stond. Het werd meteen teruggedraaid, natuurlijk.

Nu wil het geval dat ik al jaren ben geobsedeerd door nummerborden. Ik móét namelijk altijd woorden maken van de letters op de nummerborden (maar verder functioneer ik eigenlijk best aardig, tenminste, dat zeggen de stemmen in mijn hoofd).

Het is begonnen met de combinatie SX; die las ik natuurlijk meteen als 'sex'. Staat er PP-SX-69, dan is het een mooie dag.

Het gaat me niet alleen om vieze combinaties. LM-ND-12: Limonade! Vaak zijn er meer mogelijkheden bij een nummerbord. De mogelijkheid die het eerste in je hoofd opkomt, vind ik veelbetekenend. Het is een soort psychologische test op de snelweg. Neem nogmaals PP-SX-69: zie je hier poepsex of pijpsex in? Dat zegt iets over wie je bent.

Sinds de drieletternummerborden zijn ingevoerd (in 2005), is er een probleem. Je kunt er veel minder makkelijk woorden mee maken. Daarbij komt dat er allemaal maatregelen zijn genomen zodat de letters betekenisloos blijven. Klinkers zitten bijvoorbeeld niet in het nummerbord (behalve de A voor het koninklijk huis en de O voor opleggers). Anders is er te veel kans dat een woord 'onwenselijk' is. Daarmee ondervang je 'pik' en 'kut', en meteen ook alle woorden die nu nog niets vies betekenen, maar wellicht in de toekomst wel. Want je weet het nooit met taal.

Afkortingen die iets naars betekenen mogen dus ook niet. Het eerder genoemde NSB is verboden, maar ook KKK en GVD mogen niet. Politieke partijen zijn uitgesloten, dus een auto met PVV erop zal je niet zien rondrijden.

De uitzondering hierop is VVD. Dat staat wel op nummerborden. De eerste V geeft aan dat het hier om een lichte bedrijfsauto gaat. Niemand heeft geklaagd over het VVD-nummerbord. Dit doet mij vermoeden dat lichte bedrijfsauto's veelal bestuurd worden door VVD-stemmers.

Zeker weten

Mensen hebben over de raarste dingen meningen. Ik hoorde: 'Ze hebben de trap zilver en paars geverfd, heel leuk.'

'Ja, lekker glamour.'

'Nee, paars en zilver is juist modern. Paars en goud is glamour.' Hoe weten mensen dit zo zeker?

Mag het wat minder?

Een van de grootste moeilijkheden in de menselijke communicatie is 'iemand vertellen dat er iets mis is met die ander'. Stel dat iemand chronisch uit z'n mond riekt, waardoor hij mensen afstoot. Moet je er dan iets van zeggen? Ik opteer meestal maar voor 'niets zeggen', puur omdat ik niet weet hoe ik het zou moeten brengen.

Ooit was er een actie tegen mensen die te veel parfum op hadden. De actie bestond eruit dat je kaartjes bij je had waarop stond: 'Mag het ietsje minder?' Die kaartjes kon je dan geven aan mensen die naar jouw smaak te hevig walmden. Het idee was dat je er dan niets over hoefde te zeggen, want het stond al op het kaartje.

Ik kan er alleen maar over zeggen: Hoe Gênant Is Dat. Stel dat je zo'n kaartje moet geven aan iemand, hoe ongelofelijk verontschuldigend moet je er dan bij kijken? En de ontvanger, wat moet die dan zeggen? Of moet die ook een kaartje bij zich hebben waarop staat: 'Ik zal erop proberen te letten'?

Er bestaan mensen die zulk soort gênante dingen wel gewoon kunnen zeggen, face to face. Ik hoorde van iemand die tegen haar collega had gezegd: 'Je hebt er vast al van alles aan gedaan, maar je stinkt ontzettend uit je mond.' Vooral dat 'je hebt er vast al van alles aan gedaan' maakt het zo erg. Het verhaal vertelt niet wat de collega antwoordde. Maar feit is dat ze elkaar nog dagelijks ontmoeten op kantoor. Au.

SUBTIELE SIGNALEN

Probeer dit mee te acteren, anders is waarschijnlijk niet te snappen wat ik bedoel.

Persoon 1: 'Heb je zin om mee te gaan naar dat vakantiehuisje in de Ardennen?'

Persoon 2: Ademt luidruchtig in. Houdt adem in. Brengt kin naar borst. Draait ogen naar boven. Wanneer ademnood ontstaat, laat hij in een plof de adem ontsnappen en zegt tegelijkertijd: 'Ja...'

Zou Persoon 2 meegaan naar het huisje in de Ardennen, denkt u? Of zal hij/zij de komende weken op uitvluchten zitten te broeden?

Vaknatie

Freud heeft meer kapotgemaakt dan ons lief is. Dat is bekend. Sinds Freud kun je je niet meer verspreken, of er is wel iemand die 'freudiaans!' roept. Je wilt bijvoorbeeld 'geel' zeggen maar je zegt per ongeluk 'geil'. Freud vond dat geen toevallige vergissing, maar een poging van het onderbewuste om zich kenbaar te maken. En het onderbewuste is vaak geil.

Uit eigen ervaring: veruit het gênantste moment uit mijn puberteit was toen ik in het kader van een biologie-overhoring 'organisme' wilde zeggen, maar 'orgasme' zei. Zelfs dit opschrijven (twintig jaar later) kan ik nauwelijks aan.

Het doet er niet toe of Freud gelijk heeft. Dat de meeste mensen een verspreking niet meer voor onschuldig houden, maakt het al erg genoeg.

De verspreking is niet de enige vergissing die freudiaans geïnterpreteerd kan worden. Sinds mensen veel achter computers zitten, hebben we de vertypingen. En daar kun je met een beetje goede wil lekker freudiaans mee aan de slag.

Niet elke vertyping is natuurlijk betekenisvol. Dat ik zojuist 'betekenis' typte als 'betekening' vind ik niet veelzeggend. Dat ik 'heel' bijna altijd als 'hele' schrijf ook niet.

Andere vertypingen bieden meer mogelijkheden. Waarom lukt het mij bijvoorbeeld niet het woord vakantie goed te schrijven? Waarom staat er altijd 'vaknatie'? Is dat omdat ik het concept van vakantie eigenlijk niet aankan? Wil mijn onderbewuste altijd werken? Of juist altijd vrij zijn, waardoor het concept vakantie ook niet meer bestaat? (Met freudiaans interpreteren kun je gelukkig meestal alle kanten op.)

Als ik het woord 'alleen' probeer te typen, wordt dat regelmatig 'altijd'. Ik weet niet wat het precies zegt, maar tragisch is het wel.

Mijn eigen naam blijkt het moeilijkste. Meestal wordt het Pualein. Maar ook de door mijzelf verafschuwde variant Pauline schrijf ik af en toe – zelfhaat?

De raarste vertyping van mijn eigen naam is deze: vaak, zeg een keer per week, zie ik ineens 'opa' verschijnen onder een e-mail. Rationeel gezien komt dat waarschijnlijk doordat de 'o' zo dicht bij de 'p' ligt, waardoor ik ze tegelijkertijd indruk. Vervolgens komt de 'a', en dan schrik ik omdat er 'opa' staat.

Wat probeert mijn onderbewuste over te brengen?

Of, en nu wordt het enger, moet Freud hier helemaal buiten gelaten worden? Is het meer een boodschap uit het rijk der doden? Opa? Bent u daar?

Hard

De woorden die uitdrukken dat iets 'in' is, dat zijn de woorden die zelf het snelste uit raken.

Zo ging het met woorden als je-van-het, tof, gaaf, wreed en te gek. Ze raakten in, en een paar jaar daarop was je een loser als je ze nog gebruikte. Ik herinner me dat tof niet meer kon, dus werd het gaaf, en daarna cool. Na cool kwam vet. En nu is 'hard' aan de beurt. Hard is het nieuwe vet. En je kunt er veel mee. Iemand kan 'hard gaan'; dat betekent volgens mijn informant (man, 22) dat je 'lekker gaat', bijvoorbeeld als je dronken bent, of 'heel lekker met een meisje bezig bent'. Je kunt ook 'hard komen'. Dat is minder sexueel dan het klinkt. De informant: 'Het betekent dat je er goed uitziet, of een enorm goeie *swagger* hebt. Of veel succes hebt.' Maar je kunt 'hard' ook heel basic gebruiken. Stel, je ziet een mooi meisje fietsen. Dan kun je tegen je vrienden zeggen: 'Hard.' Je vrienden kunnen antwoorden: 'Keihard.' Aldus de informant.

Kek

Goed, er zijn dus veel woorden zoals vet of hard of cool. Woorden die niet alleen betekenen dat iets cool is, maar die ook, mits op het juiste moment gebruikt, de spreker cooler maken.

Woorden kunnen, na uit geweest te zijn, weer in raken. Een woord als 'hip' is soms daadwerkelijk hip, dan is het juist het omgekeerde van hip, daarna wordt het op een camp-achtige manier weer wel hip, waarna het weer echt hip wordt.

Er zijn ook woorden die volgens mij nooit, op welke plek en in welk tijdperk dan ook, 'in' zijn geweest. Toch worden die woorden gebruikt. Ik heb het hier specifiek over het woord 'kek'. Kek klinkt als een kat die overgeeft. En het roept beelden op van kinderen in roze, aqua en mintgroene speelpakjes die hard lachen maar intern diep ongelukkig zijn.

De vraag is dus: in welk parallelle universum leven mensen die 'kek' wél een leuk woord vinden? (Die, sterker nog, besluiten een tijdschrift op te richten dat zo heet?) Iemand zei een keer tegen me: 'Kek truitje,' en dat was geen grap. Sindsdien moet ik bij dat truitje altijd denken: 'Kek.' Waardoor ik het dus niet meer aantrek.

Ik vermoed dat mensen uit het kek-universum het onzin vinden om je zo druk te maken om woorden. Omdat je in dezelfde tijd de hele kinderkamer had kunnen sjabloneren met de tamponeertechniek.

Bij wijze van

Wat ik al mijn hele leven ontzettend vaak hoor: de toevoeging 'bij wijze van spreken'. 'Handbal is alles voor ons. We willen de beste van het heelal worden, bij wijze van spreken.'

'Bij wijze van spreken' geeft aan dat je aan het overdrijven bent. Spreken is blijkbaar het geëigende medium om mee te overdrijven – het is in ieder geval niet gebruikelijk om op te schrijven: 'bij wijze van schrijven'.

Er zijn mensen die zo dol zijn op 'bij wijze van spreken' dat ze het ook gebruiken als er helemaal niets te overdrijven valt. 'We gingen bij wijze van spreken eerst naar Utrecht en van daaruit verder naar Den Bosch.' In zulk soort zinnen wordt 'bij wijze van spreken' puur als opvulsel gebruikt.

Alles wat veel gebruikt wordt, lijdt aan slijtage. Voor taal geldt dat ook. Hoe meer iets gebruikt wordt, hoe groter de kans dat het afgekort wordt.

Vroeger werd 'bij wijze van spreken' afgekort tot 'bewijs van spreken' – dat is de reden dat ik jarenlang heb gedacht dat die uitdrukking ook echt iets met bewijsvoering te maken had. Dat je op de een of andere manier bewees dat je net gesproken had; hoe het precies werkte wist ik niet, maar het klonk goed en officieel. Ik herinner me nog goed de teleurstelling toen ik ontdekte dat 'bewijs' 'bij wijze' was.

Tegenwoordig wordt 'bij wijze van spreken' anders afgekort. Tenminste, steeds vaker hoor ik mensen zinnen uiten als de volgende: 'Istanbul is zo'n leuke stad! We hadden er wel willen blijven wonen. Bij wijze van, dan.' De nadruk ligt geheel op het woord 'van'. 'Ik ga deze kerst echt alleen maar rauwe wortels eten. Bij wijze ván.'

'Bij wijze van' kan ook gebruikt worden om een uitspraak alsnog af te zwakken. 'We vonden die film nou niet bepaald origineel of zo...' Er wordt afkeurend gekeken, dus wordt snel toegevoegd: '...bij wijze ván, hè. Bij wijze van.'

Het leuke is

In Duitsland had een voetballer zelfmoord gepleegd. Vermoed werd dat het iets te maken had met de dood van zijn dochtertje.

Het was een tragedie waarover ook in Nederland veel gesproken werd in sportprogramma's. Op de radio hoorde ik het volgende: 'Ja, mensen zeggen wel dat het te maken had met zijn dochtertje, maar het leuke is, hij was ver daarvoor dus al onder behandeling voor depressie.'

Ai.

Ik vraag me af of degene die dit zei, zichzelf later nog heeft teruggehoord op de radio. En of hij toen schrok.

Het rare van het woord 'leuk' is dat het vaak ook 'interessant' kan betekenen. Stel, iemand zegt: 'Ik doe onderzoek naar nierziektes en de preventie ervan.' Dan kun je antwoorden: 'O, leuk.' Ook al vind je het helemaal niet leuk, en denk je ook niet dat het voor de ander leuk is. 'Leuk' betekent dan eerder dat je je kunt voorstellen dat zo'n onderzoek misschien, wellicht, eventueel, interessant zou kunnen zijn.

Hetzelfde gebeurt met 'de grap is'. Dus: 'De hele familie zou met kerst bij elkaar komen. Maar de grap is dat de helft dan aan het skiën is.' Daar is met de beste wil van de wereld geen grap in te ontdekken.

Laden...

Ik probeer een filmpje te bekijken op mijn telefoon, maar het komt traag binnen. Mijn telefoon laat het volgende, mijmerende statement zien: 'Laden...'

Hierbij denk ik altijd aan Osama bin Laden. Ik kan daar niets aan doen, het gaat vanzelf. Ook moet ik altijd denken: Zou Osama er zelf van op de hoogte zijn geweest? Dat iedereen in het Nederlandse taalgebied zijn naam te zien krijgt als een soort wachtpauze? En daarna: zou hij hebben geweten dat hij in Duitsland 'winkel' betekent?

Tijdens het laden van een filmpje kun je je afvragen: Hoe internationaal moet je eigenlijk zijn bij de naamgeving van je kind? Is het erg als die naam iets raars betekent in het buitenland? Of voor verwarring zorgt?

Mijn jarenzeventigouders besloten mij Paulien te noemen, en niet Pauline, zodat er geen gevaar was dat mensen mij onverhoeds 'Paulinuh' zouden noemen. In het buitenland is Paulien echter een vreemde naam die bijna zeker aan een man toebehoort.

Nou is dat nog te overzien, qua overlast die ik ervan ondervind. Maar wat te denken van onze voormalige premier Whim Cock? Wat moet die veel gegrinnik hebben verdragen op internationale conferenties.

Stiekem hoop ik ook altijd dat er een stel is dat Freek en Joke heet (even googlen leert dat dat inderdaad het geval is). En dat Freek en Joke op vakantie gaan naar de Verenigde Staten, alwaar men zal denken dat ze een komisch duo zijn.

Ik ben wel eens een ongelooflijke klootzak geweest. En ook wel eens een eikel. Waar ik toen achter kwam, was dat dat eigenlijk niet kon. Als vrouw. Ik kon nog net van mezelf zeggen dat ik een trut was, of erger nog, een kut. Maar verder was ik aangewezen op scheldwoorden buiten de sfeer van de geslachtsdelen: bitch, of alle varianten rondom 'hoer'. En al die vrouwelijke woorden hebben niets van de zeggingskracht die de scheldwoorden voor mannen hebben. Alsof het alleen van een man erg is als hij zich als een oetlul gedraagt.

Dat vrouwen minder goed uit te schelden zijn – is dat gegeven voor de vrouw nou positief of negatief? (Als iemand hier een scriptie over wil schrijven bij 'genderstudies', graag.)

Hoe dan ook, als je iemand eens flink genitaal wilt beledigen moet je bij de mannen zijn. Een overzicht.

1. Klootzak / zak

De klootzak als deel van het lichaam straalt niet veel power uit. De zak is slap en kwetsbaar. Toch duidt het woord 'klootzak' (of korter: 'zak') op iemand die wel degelijk weet dat hij iets fout doet. Het kan hem alleen niet schelen. Omdat een man liever 'fout en stoer' is dan 'fout en niet-stoer', is hij liever een klootzak dan een lul of een eikel. 'Ik ben een klootzak, ik geef het toe,' dat kan een man bijna verlekkerd zeggen. Of: 'Ik begrijp het als je me een klootzak vindt.' Het enige juiste antwoord is dan: 'Nee, je bent geen klootzak, je bent een slappe lul.'

(Overigens, tijdens de research voor deze diepteanalyse kwam ik verschillende pure zielen tegen die het woord klootzak nog nooit in verband hadden gebracht met de zak tussen de benen van de man.)

2. *Slappe lul*

Een 'slappe lul' genoemd worden, dat is heel erg voor een man. Het betekent dat hij geen ruggengraat heeft, nooit op zijn strepen staat en in het algemeen geen wilskracht of discipline heeft. Maar erger is dat er natuurlijk ook een sfeer van impotentie omheen hangt.

3. *Eikel*

Als iemand hem een eikel noemt, dan wordt een man heel verdrietig. Want dat betekent dat hij van alles fout doet, maar op een watjesachtige manier. Bijvoorbeeld dat hij witte sokken hoog opgetrokken draagt onder een korte broek. De eikel straalt geen kracht uit – net als bij klootzak precies omgekeerd van wat we op grond van de mannelijke anatomie zouden verwachten.

Om het woord 'eikel' toch nog als een soort geuzennaam te adopteren, kan een bepaald type man wel weer van zichzelf zeggen: 'Maar ik ben ook zo'n blije eikel, ik denk dan echt dat iedereen gewoon leuk gaat meezingen als ik mijn gitaar tevoorschijn haal. Nou, niet dus.'

Toch is een man liever een lul dan een eikel.

4. Lul

Lul, dat klinkt ook lullig. Toch is de lul weer minder een watje dan de eikel. Een lul kan ook nog wel eens moedwillig iets fout doen, maar meer uit een soort nonchalance. 'Hij kwam drie uur te laat aanzetten voor het eten, terwijl zij zich helemaal had uitgesloofd met tiramisu en alles.'

'Wat een lul.'

'Ja, maar zij praat het allemaal goed.'

'Ja, wat moet ze. Maar het blijft een lul.'

5. Oetlul

Oetlul is veel lulliger dan lul, en eigenlijk ook lulliger dan eikel. De oetlul is onhandig, op het bloopereske af. Een oetlul kan bijvoorbeeld zeggen:

'Ja, je bent een paar kilootjes aangekomen, maar daardoor zie je je rimpels wel weer veel minder. Jahaa, het glas is halfvol.'

Oetlul is trouwens een bijzonder woord omdat er verder geen woorden bestaan waar 'oet' in zit. Ik weet ook niet of 'oet' zelf iets betekent. Het klinkt in ieder geval heel lekker.

6. Lulletje rozenwater

Dat is iemand die niets durft en niets aankan. Het lulletje rozenwater maakt nooit een ongepaste opmerking, zoals de oetlul dat wel doet, want hij zegt voornamelijk helemaal niets.

Roept het beeld op van iemand die zichzelf (of zijn geslacht?) besprenkelt met rozenwater, en dat is inderdaad niet echt de Marlboro-man. Dan toch maar liever een oetlul zijn. Of desnoods een lapzwans.

7. Lapzwans
Een lapzwans betekent letterlijk zoiets als een slappe lul. Lap slaat op slap, en vergelijk zwans maar met het duitse Schwanz. Toch is een lapzwans iets anders dan een slappe lul. Een slappe lul heeft geen wilskracht, maar de lapzwans is gewoon lui. En lui, dat is ergens wel weer cool.

Als we, samenvattend, de anatomie van het mannelijk lid doornemen, kunnen we concluderen dat bijna alles van de penis inspireert tot schelden, behalve de voorhuid. De eikel straalt iets sulligs uit, terwijl het venijn in de zak zit (tenzij het om een slappe zak gaat). En de lul als geheel is onbedreigend. Dat is wat de taal ons kan leren over onszelf.

Maak het leuk

'Ik ben lactose-intolerant. Maar verder heel openminded hoor! Haha!'

Ongelooflijk bedankt

Aan het eind van een intensief televisie-interview zei de interviewster tegen de geïnterviewde: 'Ik ga je ongelooflijk bedanken.'

Een vaker gebruikte, maar daarom niet minder rare zin. Ten eerste dat ongelooflijk. Een echt modewoord, je hoort het overal. Het lijkt alsof iedereen voortdurend rondloopt in een staat van shock. 'Wat on-ge-lo-fe-lijk mooi is dat concert, echt niet te geloven.' Of: 'Die man is zo ongelooflijk toegewijd! Hij staat elke ochtend om vier uur op, en zonder geklaag!' Omdat 'ongelooflijk' zo veel gebruikt wordt, is er natuurlijk ook sprake van betekenisinflatie. Je kunt tegenwoordig makkelijk met een neutraal gezicht en zonder enig enthousiasme zeggen: 'Dat boek is ongelooflijk interessant.'

'Ongelooflijk' is dus vaak niet ongelooflijk, maar meestal wordt het nog wel gebruikt op een manier die zou kúnnen kloppen. 'Ongelooflijk mooi' is iets, 'ongelooflijk hoog' ook. Maar ongelooflijk bedanken? Wat is ongelooflijk bedanken? Is dat aan iemands voeten gaan liggen kronkelen, hard huilen en ondertussen snikken: 'Ik ben het niet waard! Dat je dit voor mij gedaan hebt! Sla me!' Ik weet het ook niet, maar dat is het 'm nou juist met ongelooflijke dingen: die zijn moeilijk voorstelbaar.

Het tweede rare aan 'ik ga je ongelooflijk bedanken' is het element 'ik ga je bedanken'. Je verwacht dat er daarna hartelijk wordt uitgeroepen: 'Dus bedankt!' Maar dat gebeurt niet.

Je hoort het wel vaker, dat mensen aankondigen wat ze gaan doen, maar dat het bij die aankondiging blijft. Die is blijkbaar al genoeg.

Als je bij het verlaten van een feestje geen zin hebt om iedereen individueel te groeten, kun je aankondigen: ‘Nou, ik doe even een zwaai...’ Die zwaai zelf kun je dan heel klein houden, je kunt hem beperken tot een flapje van de hand. Of hem zelfs helemaal achterwege laten.

‘Ik ga je ongelooflijk bedanken.’ De droge aankondiging-zonder-vervolg strookte niet met het geëxalteerde ‘ongelooflijk’. Daarom bleef deze zin nog dagen in mijn hoofd spoken.

Super

Bij de meeste horecagelegenheden is er personeel dat je tafel afruimt als je klaar bent. Soms moet je het zelf terugbrengen, dan staat er ergens een bordje met: HIER BORDEN INLEVEREN A.U.B.

Ik ken een gelegenheid waar ze zo’n bordje te bot vinden, terwijl ze toch ook niet van plan zijn om zelf af te ruimen. Daar hebben ze gekozen voor een oversized bord waarop staat: SUPERBEDANKT VOOR HET TERUGZETTEN!

Dit maakt mij a) recalcitrant, want ik heb op het moment van lezen nog niets ingeleverd, en b) ontroerd, want deze tekst is denk ik opgesteld door een ex-corpsbal die per ongeluk niet in de advocatuur terecht is gekomen, maar in de horeca. Dat is lief.

Ik bedoel

Sinds er taal bestaat, begrijpen we elkaar een stuk slechter dan toen onze communicatie bestond uit klanken uitstoten en speren in elkaars lichaam boren. Dat is bekend.

Toch zou je denken dat er wel eens een uitspraak gedaan zou worden die níét verder uitgelegd hoeft te worden. Dit nu is uiterst zeldzaam. Verreweg de meeste uitspraken volgen ongeveer deze route: 'Ik vind zwezerik het vieste wat er is. Ik bedoel, ik heb het al twintig jaar niet gegeten, maar vroeger vond ik het dus het viest.' Je zou ook meteen kunnen zeggen dat je zwezerik vroeger heel vies vond. Maar nee, eerst komt er een statement, dat daarna wordt afgezwakt met 'ik bedoel'. Misschien wordt er onder het praten iets van afkeuring opgepikt, en kan die negatieve sfeer met 'ik bedoel' weer opgeheven worden.

Voor veel mensen is 'ik bedoel' er zo ingebakken dat het bijna een tic wordt. Die beginnen hun zinnen voor het gemak maar alvast met hun favoriete tussenwerpsel. 'Hee, maar wat ik wilde zeggen, ik bedoel, ik ga even boodschappen doen.' Aha! Dus dát bedoel je!

Omdat 'ik bedoel' zo vaak wordt gebruikt, moet het natuurlijk ook verbasterd worden tot iets korts, anders is er geen beginnen aan. Ga er maar eens op letten en je zult het horen: de verbastering 'boel'. 'Boel, badminton is natuurlijk een hartstikke leuke hobby, maar eh..., boel, het moet niet een soort heilig moeten worden.'

Als het na een hele zin vol 'boel' toch nog niet honderd procent zeker is of de uitspraak tot in elk detail over is gekomen, dan kan er nog retorisch achter geplakt worden: 'Begrijp je wat ik bedoel?' Of, omdat het toch geen echte vraag is maar meer een formule: 'Gijpjewakbdoel?'

Laatst hoorde ik twee Amerikaanse meisjes met elkaar praten. De een was de ander een beetje aan het plagen. Het meisje dat geplaagd werd, riep quasigrappend uit (en probeer er even een heel hoog en uiterst welopgevoed Amerikaans stemmetje bij te denken): *'I hate you! No, I mean, I love you, but, I hate you!'*

Ik bedoel: het is dus een internationaal fenomeen.

Onbegrijpelijke begrippen die toch iets betekenen

Voetbalbekentenis: Ik wist niet wat 'in de basis staan' betekende. Tenminste, toen ik eenmaal echt ging opletten, begreep ik wat er bedoeld werd. Maar tot dat moment dacht ik altijd dat het iets betekende wat ik toch niet zou kunnen begrijpen. Iets met positionering op het veld, of belangrijkheid binnen de groep. Niet gewoon de beginopstelling in ieder geval.

Zulk soort blinde vlekken heb ik vaker. Nog niet zo lang geleden kwam ik erachter dat hifi echt iets wás. Omdat ik niet technisch ben, dacht ik altijd dat het gewoon een woord was waar apparaten cooler van werden.

Ik ben niet de enige met deze blinde vlekken. Een vriendin vertelde dat zij nooit precies wist wat een bekken was, en of het echt een ding was of meer een gebied, tot er een baby op drukte. Toen werd het concreet. Iemand anders vertelde mij dat hij lang dacht dat 'ongesteld' een verzamelterm van allerlei moeizame vrouwenklachten was, zoals zenuwen, overgevoeligheid en nachtzweten. Groot was de verrassing toen het iets veel simpelers bleek te zijn.

Bij gesprekken die toch al vaag zijn, treedt dit fenomeen eerder op, want je luistert voor het gemak over van alles heen. Ooit hoorde ik een kunstdocent maar doorgaan over 'negatieve ruimte', en ik dacht: het zal wel vaag geleuter zijn – tot ik er veel later achter kwam dat het gewoon betekende dat ergens een holte in zit.

Dat is bij 'in de basis staan' ook aan de hand: het klinkt als vage taal, gebruikt door bedrijfstrainers en new-agemensen met intense oogopslag. Die zeggen dingen als 'Je moet nu echt even terug naar je basis'.

Ook gewone mensen zijn het woord basis op een vage manier gaan gebruiken: 'Ik voelde gewoon, van, er is gewoon geen básis meer in deze relatie.' Het leek mij heel waarschijnlijk dat ook voetballers hieraan meededen.

Ik vraag me af hoeveel andere vage uitdrukkingen toch echt wat betekenen. Een yogajuf die zegt: 'Adem naar je centrum.' Wie weet.

Kribbig

Toen Feyenoord met 10-0 verloren had, moest Willem van Hanegem bij *De Wereld Draait Door* komen uitleggen hoe dat kwam. Hij was in een slecht humeur, dat zag je zo. Vervolgens vroeg Matthijs: 'Ben je een beetje kribbig, Willem?'

'Nee hoor,' snauwde Willem terug – kribbig.

Op zo'n vraag valt bijna niet te reageren. Wie antwoordt dat hij inderdaad kribbig is, moet vervolgens gaan uitleggen waarom dan, en of dat nu eigenlijk wel terecht is. En daar heeft de kribbige mens nooit zin in, vooral niet omdat in kribbigheid altijd iets onterechts, iets kinderachtigs zit.

Dus antwoord je: 'Nee, ik ben niet kribbig.' Maar dat klinkt helaas uitermate kribbig.

Hoe anders is dat als je gevraagd wordt naar een positieve stemming: 'Ben je blij?'

'Ja!'

'Wat fijn!'

Of anders: 'Ben je blij?'

'Ehm... nee, eigenlijk niet.'

'Maar wat is er dan?'

Dat zijn gesprekjes die veel bevredigender verlopen.

Vragen over sommige negatieve stemmingen vallen niet ontkennend te beantwoorden. Daarin lijken ze op een gekke manier op de vraag 'ben je wakker?' Wie daarop 'nee' antwoordt, die liegt. En als je niet wakker was, dan word je door die vraag wel wakker.

Ook dat effect treedt soms op bij de vraag naar de negatieve stemming. Stel, je hebt écht geen ochtendhumeur. Maar je staat in alle stilte koffie te zetten. En er is iemand die dat verkeerd interpreteert en zegt: 'Heb je een ochtendhumeur of zo?' Die vraag alleen al is chagrijnigmakend. Je antwoordt: 'Nee, ik ben gewoon nog niet zo spraakzaam.' En je voelt die ander denken: ochtendhumeur. Waardoor je nog chagrijniger wordt, en er uiteindelijk sprake is van een slecht humeur, je zou haast zeggen: een ochtendhumeur.

De enige uitweg bij een vraag over kribbigheid is keihard liegen, maar dan in een andere categorie. Dus je zegt meteen: 'Nee, nee, helemaal niet! Maar mijn oor zit dicht vanwege een verkoudheid, dus daarom hoor ik het steeds niet goed! Nee, kribbig, stel je voor, hahaha!'

Benoem het maar

Bij *Boer zoekt Vrouw* was een moeder van een boer te zien die zogenaamd ontspannen was over het feit dat er ineens drie wildvreemde vrouwen over haar erf zouden lopen.

Ze zei (in het Brabants): 'Ik wacht het gewoon af!' En daarna, om te benadrukken dat ze echt heel relaxed was: 'Ik laat het gewoon over me heen komen!!!'

Fijn is dat. Mensen die denken dat woorden uitspreken genoeg is; dat daar geen bepaalde gezichtsuitdrukking en lichaamshouding bij horen. Iemand die, rood aanlopend, roept: 'Ik bén niet boos! Ik ben alleen maar héél gelúkkig dat we eindelijk een keer met de hele familie samen zijn en dat wilde ik graag zo houden!'

Je ziet het ook wel eens in een sauna. Iemand die de ogen stevig dichtknijpt en zegt: 'Hèhè. Dít had ik nodig.

Éven alles van me af laten glijden. Lekker even helemaal niks. Héérlijk. Mmm.' Terwijl diegene in plaats van te zeggen hoe ontspannen het allemaal voelt, ook daadwerkelijk had kunnen gaan ontspannen.

Ik heb iemand uit de toneelwereld wel eens horen beweren: het gaat niet om wat een personage zegt, het gaat om wat hij niet zegt. En dat geldt voor het echte leven eigenlijk ook wel. Taal wordt bijzonder vaak ingezet om iets te verdoezelen dat gênant, vies, gemeen of laag-bij-de-gronds is.

Hoe zal het de moeder in *Boer zoekt Vrouw* vergaan? Ik vermoed dat zij de rest van haar leven rond zal lopen met een kloppende halsslagader. Tegen haar nieuwe schoondochter zal ze heel uitnodigend en warm uitroepen: 'Je bent als de dochter die ik nooit gehad heb! Wacht, ik zet nog een kop koffie!!'

Op haar eigen begrafenis zal ze voor de laatste keer, vanuit de kist, roepen: 'Zo had ik het gewild, inderdaad!'

Veelvoelen

'Er is een vrouw bij mij in de straat komen wonen die heldervoelend is. En die heeft nu dus gevoeld dat ik ook heldervoelend ben! Gaaf hè?'

Mama

Ik zit op een zomerse dag voor het open raam, en buiten staat de ijscoman. Twee jongetjes krijgen van hun moeder een ijsje.

Ik hoor niet wat de ijscoman zegt, maar de moeder hoor ik zeggen: 'Nou, mama vindt het zelf ook wel lekker, op z'n tijd.' Ik check of er nog iemand staat, haar eigen moeder bijvoorbeeld. Nee. Dit is een moeder die zichzelf 'mama' noemt. Die bestaan ook.

Ik weet niet hoe dit ontstaat en wat eraan ten grondslag ligt. Voelt deze moeder zich zo op en top moeder dat ze zelfs tegen vreemden zegt dat ze 'mama' is? Of voelt ze zich eigenlijk ongemakkelijk met haar rol en gaat ze dan geforceerd laten zien dat ze heus wel een echte mama is?

Ze zegt ook niet maar één keer 'mama'. Even later hoor ik: 'Nee, mama moet een beetje aan de lijn denken.' Nog een keer checken: het is gewoon een dunne vrouw. De ijscoman is daarentegen heel erg dik.

Of is dit een ingewikkelde flirt met de ijscoman? Wil zij het aantrekkelijke moedertje zijn die de ijscomannen van zich af moet slaan? Er zijn mannen die vooral op moedertjes vallen (zie milf), misschien probeert ze op die doelgroep te mikken.

Terwijl ik dit overdenk, gaat het gesprek maar door over mama dit en mama dat. De kinderen, voor wie het 'mama' bedoeld is, zijn allang met elkaar aan het spelen, dus dat kan het niet zijn.

Dan zegt mama met een lachje: 'Nou goed, mama neemt ook een ijsje. Mama wil... mango, met... pistache.'

De ijscoman zegt: 'En een ijsje voor mama.'

Inderdaad, een ingewikkelde flirt.

Voor mij

In veel Nederlandse huishoudens schijnt de vrouw regelmatig te zeggen: 'Lieverd. Wil jij voor mij de vuilniszakken even buitenzetten?' En dan doet de man dat.

Het gaat me om dat 'voor mij'. Want worden hier de vuilniszakken eigenlijk wel voor de vrouw buitengezet? Volgens mij niet. Het vuilniszakken buitenzetten gebeurt net zo goed voor de man, en het 'voor mij' had dus achterwege gelaten kunnen worden.

'Voor mij' vertelt meestal iets over degene die de baas is. Als op kantoor iemand zegt: 'Janneke, zou jij voor mij even de notulen willen kopiëren?' dan is het bijna zeker dat Janneke de ondergeschikte is. Als er een 'voor mij'-verzoek tussen mensen met gelijke functie gedaan wordt, dan moet er namelijk altijd een verzachtende omstandigheid bij genoemd worden. Bijvoorbeeld: 'Ga je naar de koffiehoek? Zou je dan voor mij ook koffie willen meenemen? Héél erg bedankt.'

Als een vrouw aan haar man vraagt: 'Wil jij voor mij de vuilniszakken buitenzetten?' dan zegt ze dus eigenlijk: 'Wat betreft de verdeling van de huishoudelijke taken ben ik de baas.' (Goed voor emancipatie? Nee, niet goed voor emancipatie.)

'Voor jou' is een stuk minder beladen met hiërarchie. Wel weer met iets anders, ook heel raars. Onlangs ontdekt, op een voorgeproduceerde stationsboterham in een driehoekverpakking: 'Speciaal voor jou belegd met verse ingrediënten!' Deze tekst was in een zogenaamd handgeschreven lettertype geplaatst, alsof een of andere ambachtelijke boterhammengoeroe dat er inderdaad nog even speciaal voor mij op geschreven had.

Dit moet persoonlijk overkomen, je moet er een warm wollig gevoel van krijgen, maar het is zo duidelijk juist onpersoonlijk, dat het omgekeerde gebeurt. Je ziet zo'n tekst, en denkt: 'Jaja. Stelletje huichelaars. Dan zullen die ingrediënten ook wel niet vers zijn. Tsss.' Wat volgens mij veel beter zou werken is als je er met een gewone letter op zou drukken: 'Boterham. Verse ingrediënten. Vandaag verpakt.' Of iets dergelijks.

Maar ja, er zullen wel weer marketingdeskundigen zijn die hebben uitgezocht dat we óndanks irritatie over dat nep-persoonlijke, toch liever de 'handgeschreven' verpakking willen waarin een boterham zit die speciaal voor ons schijnt te zijn.

Nou, voor mij hoeft het allemaal niet.

HEEJ

Sinds er e-mail bestaat, bestaat er ook verwarring over hoe je zo'n e-mail moet aanheffen.

Toen de e-mail net bestond, leek het voor de meeste mensen een brief, die heel snel bezorgd werd. We hebben het over de vroege jaren negentig. De meeste e-mails begonnen toen met 'Beste Jan' of 'Geachte heer Smit'. Soms werd er ook nog een datum bij gezet, alsof die niet al automatisch in de e-mail staat. Ik ken iemand die tot diep in de jaren nul (en misschien nu nog steeds) boven elke e-mail 'Amsterdam' zette, gevolgd door de datum. Dat gaf het gevoel van een brief uit de negentiende eeuw, maar dan op je computer.

Toen e-mailen gewoner werd, werd de aanhef ook meer casual. De laatste tijd zie ik veel 'hey'. Of, vernederlandst: 'Heej'. Het eerste 'hey' vind ik staan alsof je in *Baywatch* speelt anno 1989, het tweede 'heej' alsof je een volwassen vrouw bent die een babystemmetje opzet om toch nog schattig gevonden te worden.

Er zijn ook mensen die hun e-mail beginnen met 'Hallo Piet,' dat heeft iets grappig-bots. Zelf opteer ik vaak voor 'Ha Piet,' wat weliswaar een beetje padvinderij-achtig is, maar daardoor ook wel weer opgewekt en opgeruimd (overigens leuk om daarna een heel depressieve klaagmail te gaan schrijven, maar dat terzijde). Soms begin ik ook met 'hé', maar ik zie zelf ook wel in dat dat in feite erg veel lijkt op 'hey' of 'heej'.

Gezien alle diepgaande problematiek rondom de

juiste e-mailaanhef (waarom hoor je de hoge heren in Den Haag dáár nou nooit eens over!), is de nieuwste trend eigenlijk heel logisch. Namelijk: het lozen van de aanhef. Gewoon beginnen met de boodschap. De e-mail is hiermee verworden tot een lange sms.

Bijkomend voordeel is dat afsluiten ook niet meer hoeft. Dit zou voor mij een ideale oplossing zijn, zeker sinds ik onlangs mijn e-mail aan een wildvreemde besloot met 'liefs, Paulien'.

Hard praten

Wie verkouden is, hoort zichzelf niet goed meer, en kan dus niet inschatten hoe hard hij of zij praat. Te zacht, denkt de verkouden mens zelf, en hij gaat wat harder praten. Te hard, denkt de toehoorder, die wilde dat er een afstandsbediening voor mensen bestond. (Dat zou sowieso heel handig zijn, ook om iemands spraak wat meer kleur te geven, of wat lichter te maken!)

Een hard pratend persoon klinkt meteen een stuk agressiever. Dat komt doordat mensen die totale schijt hebben aan wat de omgeving vindt, vaak harder spreken dan de rest. We kennen ze allemaal, de types die in een restaurant op luide toon kunnen zeggen: 'Wat een kaktent is dit, zeg!'

Maar ook als zo'n persoon iets neutraals zegt, klinkt het al meteen als een aanval. 'Ik ben nu met de verbouwing van de zolder begonnen!'

In films spreken de écht enge types juist vaak heel

zacht. Want dat is ook een manier om je macht te tonen: de rest moet maar z'n best doen om je te verstaan. Gecombineerd met een strakke blik en een arrogante houding is de zachtprater de grootste engerd.

Hardpraters kom je vaker tegen. Bij de onbedoelde hardprater (bijvoorbeeld door een verkoudheid) lijkt het alsof het hier om een aso-hardprater gaat, maar niets is minder waar.

Het doet mij denken aan toen mijn moeder net kon sms'en, maar nog niet wist waar ze de kleine lettertjes vandaan kon halen. 'HOE IS HET?' sms'te ze dan, en dat klonk als een heel ander type dan ze is. 'WIJ ZIJN AAN HET WANDELEN.' Oké, oké, rustig maar, niemand probeert je toch tegen te houden? 'FIJN DAT JULLIE HET ZO LEUK HEBBEN OP VAKANTIE.' Dat klinkt bijna als een verwijt in de trant van: waarom ben ik niet meegevraagd? Gelukkig ken ik mijn moeder goed genoeg om te weten dat ze dat nooit bedoeld kan hebben. Toen ze de kleine letters ontdekte, sms'te ze meteen zoals ze was.

Welwillend meedenken

'Ik begrijp niet helemaal wat je zegt, maar ik vind wel dat je het heel duidelijk uitlegt.'

Schuifelen

Toen ik twaalf was, dook er iets nieuws op bij onze klassenfeestjes: schuifelen. Dat gebeurde altijd op het nummer 'Careless Whisper' van George Michael. Met die getormenteerde saxofoonsolo. Wat we deden was langzaam bewegen in een soort gegeneerde omhelzing, onderwijl ironisch naar je klasgenoten kijkend. Je moest vooral niet de indruk wekken dat je het allemaal serieus nam. Daar was het namelijk te serieus voor.

Maar waar het nu even om gaat: het woord 'schuifelen'. Van weinig woorden heb ik later zo veel varianten gehoord. In verschillende gebieden wordt het anders genoemd, en 'over de generaties heen' ook.

Ik dacht dat het in heel Brabant 'slowen' werd genoemd. Maar ooit wierp ik de kwestie op bij de Brabantse Dag te Heeze (onder Eindhoven), en daar was de hele goegemeente ervan overtuigd dat het 'zwemmen' heette. Eén vrouw noemde het 'schuren', maar die gaf toe dat ze zich misschien vergiste en het had over de vuige praktijken van de jeugd van tegenwoordig, met veel bil-tegen-piemel.

Na Heeze heb ik het ook maar eens gevraagd aan de inwoners van Den Helder. Die riepen eensgezind: 'scharrebakken'. Met een collectieve blik alsof dit een normaal woord was.

Weer ergens anders hoorde ik 'plakken', en 'plakdansen'.

Ook door de tijd heen vinden er veranderingen plaats. Veel babyboomers hebben het over 'slijpen', maar ik heb geen idee in welke gebieden of welke tijdperken slijpen vooral hoogtij vierde. En of het misschien in kleine vergeten valleien in Gelderland nog steeds gebruikt wordt.

Het interessante aan dit woord-met-vele-vormen (en ik houd het dus maar even op 'schuifelen') is dat het een puberwoord is. En dan nog een heel geïsoleerd puberwoord ook. Want: pubers praten vooral met klasgenoten en misschien met vrienden van de sportclub. Later, als je eenmaal in de twintig bent, is er nooit meer iemand die ineens 'Careless Whisper' opzet en dan heel hard 'schuifelen!' roept. Jammer eigenlijk. 'Schuifelen' is het taalkundige equivalent van een bak bolognesechips met een goedkope fles cola ernaast.

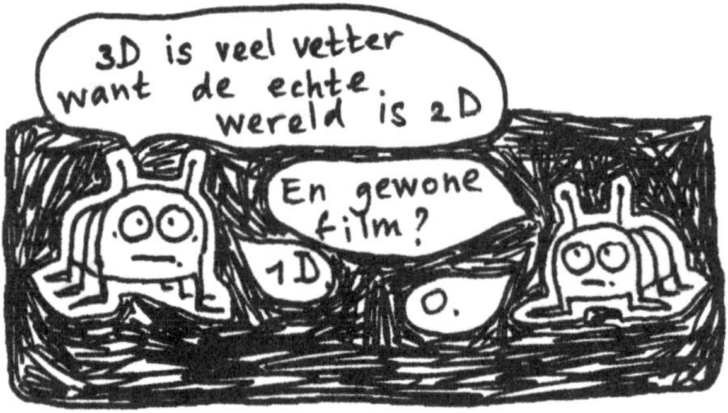

Vaccinatie

Zeker toen de Mexicaanse griep waarde had ik er weer extra veel last van. Ik hoorde bijvoorbeeld op de radio: 'De mensen in de risicogroepen krijgen een oproep tot vaccinatie.' Dan was mijn eerste gedachte: een oproep tot fascinatie? Hoe kun je nou worden opgeroepen om ergens gefascineerd door te raken?

Deze vergissing is het gevolg van een flauwe grap die ik al zeker een decennium lang maak, en die daarom niet meer voelt als grap. Als iets fascinerend is, of het zou moeten zijn, dan zeg ik 'vaccinerend' ('Wat een vaccinerende notulen heb je gemaakt, echt mijn complimenten, hoor.'). Met als gevolg dat ik nu 'vaccinerend' niet meer in de oorspronkelijke betekenis kan horen. Blijkbaar denk ik onbewust dat iedereen de 'vaccinerend'-grap maakt, en dat iedereen het dus eigenlijk over 'fascinerend' heeft.

Ik heb het met meer uitspraken. Omdat ze voor mij niet meer als grappen voelen, breng ik ze ook helemaal niet goed. Elke keer als ik heel casual 'wie schertst mijn verbazing' zeg in plaats van 'wie schetst mijn verbazing', zie ik toehoorders kijken met een blik van: moet ik het nou verbeteren of niet? Epilépsie, zeg ik ook, in plaats van epilepsíé. Dat is niet eens grappig, alleen maar fout.

Los van het feit dat dit soort vastgeroeste grappen zorgen voor verwarring bij de toehoorder en bij de spreker zelf, ligt ook nog het gevaar op de loer dat je op een gegeven moment écht niet meer weet hoe het nu eigenlijk moet. Jaren geleden begon ik van hoogleraren in ruste te zeggen dat ze 'met emiraat' zijn, in plaats van 'met emeritaat'. Inmiddels moet ik elke keer dat ik 'emeritaat' zou willen zeggen (dat is gelukkig niet heel erg vaak) heel diep nadenken over wat het nu ook alweer was. Ik heb mezelf ook al eens betrapt op 'de Verenigde Arabische Emeritaten'.

De vraag is natuurlijk waarom het überhaupt ook maar enigszins grappig zou zijn om dingen expres verkeerd uit te spreken. Een vaccinerend vraagstuk waar ik het antwoord nog niet op weet.

Een huis zoeken

Ik zocht een huis. Dat zoeken deed ik via Funda.

Sommige mensen spreken het uit als Foenda, alsof deze website ook in de Romeinse tijd al bestond, maar dat is natuurlijk niet zo.

Funda staat vol met tekstjes die door makelaars in elkaar gedraaid worden. Dat betekent dus dat als er 'knus' staat, het er heel benauwd en klein is. Als een huis karakteristiek is, betekent het dat het uit elkaar valt van ellende. Dit jargon kende ik.

Wat ik eerder niet wist, is dat makelaars ook heel reclame-achtige teksten opschrijven. Bijvoorbeeld: 'Echt een pareltje dit huis, dus dat betekent koffers inpakken en meteen verhuizen!!!' Ik associeer drie uitroeptekens eerder met een aanbieding bij de groenteboer ('Vier mango's voor een euro!!! Pak mee!!!'). Een huis kopen, dat vind ik een serieuze zaak. Je zit er jaren aan vast en het kost onvoorstelbaar veel geld.

Als er dus bij staat: 'Lekker koffers pakken!!!' dan vertrouw ik het zaakje al niet meer. Alsof er iets overschreeuwd wordt.

Bij mij zou het veel beter werken als er zou staan: 'Oud huis. Niet echt licht, maar wel hoge plafonds. Onderbuurman is soms dronken maar in wezen een aardige man. Balkonnetje is wat rot en de berging zal tot in de eeuwigheid naar kattenpis ruiken. Maar verder een heel fijn huis.'

Topografisch gehandicapt

Ik ben topografisch gehandicapt. Loop met mij door een winkelstraat. Ga een winkel binnen. Loop de winkel weer uit. En observeer welke kant ik op loop. Juist, terug naar waar we vandaan kwamen, terwijl ik denk dat we verder aan het lopen zijn.

Ik woon al mijn hele leven in Amsterdam. Toch verdwaal ik vaak, ook als ik heel erg veel moeite doe om de plattegrond te visualiseren.

Ik treed overal in het land op en moet dus veel reizen. Het enige wat ik erover kan zeggen is dit: Thank God for navigatiesystemen. Want als plaatsnamen ook maar enigszins op elkaar lijken, kan ik ze niet meer uit elkaar houden.

Deventer en Dordrecht bijvoorbeeld. Ik moest op beide plekken vijf keer komen voordat het een beetje door wilde dringen dat het twee verschillende plaatsen waren.

Amersfoort en Apeldoorn zijn eigenlijk ook nog steeds een probleem.

Alle stadjes rondom Rotterdam zijn voor mij één plaats. Sliedrecht, Ridderkerk, Zwijndrecht, Capelle aan den IJssel – als ik er kom, weet ik ineens weer wat deze plek onderscheidde van andere plekken ('O ja! Hier zat die Chinees die eigenlijk best lekker was!'). Maar in mijn hoofd verandert het niet.

Nog niet zo lang geleden moest ik mijn voorstelling spelen in Panningen. Dat klonk ver weg. Het klonk als Zeeland. Ik stelde me al in op een lekkere vismaaltijd.

Maar toen bleek Panningen in Noord-Limburg te liggen! Onbegrijpelijk. Ik zei tegen iedereen dat ik natuurlijk dacht dat Panningen in Zeeland ligt omdat ik me vergist had met Pannerden. 'Jaja,' knikte mijn omgeving zo'n beetje vaag.

Kort daarop kwam ik erachter dat Pannerden ook niet in Zeeland ligt, maar in Gelderland.

Sleur

'Hoe was het?'

'Nou ja, zoals altijd eigenlijk. Er werd weer heel wat feilloos blootgelegd.'

Jawohl!

Er is maar één hobby die het hele Nederlandse volk met elkaar deelt, een hobby die ons volk sinds '40-'45 met elkaar verbindt, en dat is: 'Duits raar uitspreken'.

Binnen het 'Duits raar uitspreken' zijn twee hoofdstromingen te ontdekken. De nazistroming en de pornostroming.

De nazistroming laat zich vooral inspireren door films over de Tweede Wereldoorlog. Dat betekent dat alles hard geschreeuwd moet worden. Te beginnen met '*Jawohl!*' Maar daarna kan ook gevarieerd worden, bijvoorbeeld door op een strand vol met Duitsers keihard te roepen: '*Mein fiets zurück!*' Ook woorden als '*raus!*' en '*ausradieren!*' doen het goed in de nazistroming.

De pornostroming daarentegen wordt eerder geïnspireerd door de jaren zeventig. Anders dan bij de nazistroming moet hierbij juist alles uiterst zwoel uitgesproken worden, en een half octaafje lager dan normaal. De naam 'Angela Merkel' is uitermate geschikt voor het porno-Duits. De laatste lettergreep moet lang uitgerekt worden, en daarna mag er nog wat gekreund worden.

Er is trouwens nog een derde stroming. Die is veel minder groot, en richt zich op het nadoen van het MTV-Duits. Wat is MTV-Duits? Welnu, toen MTV Europe nog niet zo lang bestond, waren er voortdurend Duitse reclames op te zien. Daarbij een Duitse stem die schreeuwerig en bronstig tegelijk was, en die dingen riep als: '*Jetzt! Die coolste Partytracks! Toll!*' Nu zie je die Duitse reclames niet meer op MTV. Alleen mensen die dat als puber hebben meegemaakt (ik dus) vinden het grappig om 'Party' op z'n Duits uit te spreken.

Vanwege onze nationale hobby heb ik altijd zo'n medelijden met leraren Duits. Goed, die hebben er zelf voor gekozen, maar zouden ze wel beseft hebben dat ze dan generatie na generatie voorbij zouden zien trekken, waarbij elke generatie zichzelf weer even grappig en inventief vindt? Als leraar Duits moet je dan waarschijnlijk een beetje schaapachtig meelachen, omdat je anders al helemaal als nazi wordt weggezet. En ondertussen stilletjes denken: '*Verdammt noch mal.*'

Jezelf voorstellen

Het gaat als volgt. Je komt ergens binnen waar een paar mensen zijn die je nog niet kent. Je stelt jezelf voor, en die onbekenden stellen zichzelf ook voor. Alleen, ongeveer twee seconden nadat ze hun naam hebben gezegd, ben je die namen weer kwijt.

Alleen als iemand een heel rare naam heeft, wil het nog wel eens blijven hangen. Of een naam die niet bij diegene past. Dat je denkt een 'Joop' voor je te hebben, terwijl hij 'Diederik-Jan' blijkt te heten.

Het probleem met het jezelf voorstellen is dat je te veel geconcentreerd bent op aardig overkomen, op eindelijk eens normaal doen, en niet meteen als rare gek de sfeer te verzieken. Bij zoveel aandachtspunten kun je je niet meer concentreren op andermans naam.

Ooit zag ik een leuke documentaire over Obama. Als er íémand is die de hele tijd onbekenden moet ontmoeten, dan is het Barack wel. Na een tijdje zag ik wat hij deed. Iemand stelt zich voor. '*Hi, I'm Jim.*' Dan zegt Obama: '*Hi, Jim, nice to meet you.*' Dat is dus heel slim. Als je de naam van iemand hardop herhaalt, is de kans veel groter dat je die naam ook echt onthoudt.

Ik probeer dat nu ook te doen. Alleen in grote gezelschappen komt het nogal stom over als je al die namen aan het herhalen bent. Een beetje als een rare gek, eigenlijk.

Fascinerender dan de natuur zijn de natuurliefhebbers. Zelf ken ik niet zo veel natuurliefhebbers, maar gelukkig luister ik wel naar het radioprogramma *Vroege Vogels*, en dan vooral naar de Fenolijn. Dat is een rubriek waarin luisteraars zelf mogen opbellen om te vertellen wat ze hebben gezien in de natuur. Je hoort bijvoorbeeld: 'Vanochtend, 3 januari, zag ik in mijn tuin in Raalte wel vier roodborstjes! Ze aten van de pinda's die ik had opgehangen. Ik heb ook al een sneeuwklokje gezien, wel érg vroeg lijkt me.'

Ik vind het een leuk en aandoenlijk idee dat er mensen zijn die

a) opmerken wat er in hun tuin gebeurt,

en die

b) ook nog weten te benoemen wat het is,

en er

c) óók nog oprecht verbaasd en gelukkig over zijn.

Als ik naar de Fenolijn luister, denk ik altijd: het komt wel goed met de wereld.

Vaak heb ik op het punt gestaan de Fenolijn te bellen. Maar nooit durfde ik het echt te doen. Als ik iets opmerk in de natuur, bijvoorbeeld een pimpelmeesje, en ik zou dat inspreken, dan zou ik denken dat alle echte natuurliefhebbers thuis met hun ogen zouden rollen en zeggen: 'Gottegot, ik heb wéken geleden al het eerste pimpelmeesje gezien. Wat dóét zij op onze Fenolijn?'

Een droevig lot, de Fenolijn is voor mij niet weggelegd.

Maar! Onlangs heb ik een verhelderend inzicht gehad, waardoor ik misschien toch nog een kans maak. Want: zijn wij mensen in zekere zin niet ook 'de natuur'? Zijn wij niet ook gewoon grote stinkende dieren die in een hol gaan zitten en er af en toe uit komen om te fourageren of te paren? Ik wel in ieder geval.

Mijn punt is: als we de natuur iets breder gaan beschouwen, dan is er voor mij zeker ook een plek op de Fenolijn.

Ik zou bijvoorbeeld kunnen inspreken: 'Op 6 januari om 4 uur 's middags zag ik bij de supermarkt een ruziënde moeder met kind. Het kind lag met de beentjes te trappelen op de grond. Heel aandoenlijk om te zien, zeker zo hartje winter!'

In de zomer zou ik zeggen: 'Alweer héél veel mensen op het strand. Sommigen hebben een kuil gegraven, terwijl anderen een soort windschermpjes lijken te hebben opgezet. Het is altijd weer mooi om te zien hoe inventief Moeder Natuur is.'

En eind november zou ik kunnen inspreken:

'Vandaag zag ik de intocht van Sinterklaas. Dat is volgens mij nog nooit zo vroeg gebeurd, maar ja, klimaatverandering hè. De natuur is volgens mij heel erg in de war. Dag!'

Kul

Een politicus had het over 'de cúl- en nátuur in Nederland'. Ik vond het toch wel lief.

Puntje puntje puntje

Er zijn mensen die, getuige hun e-mails en sms'en, werkelijk helemaal 'gek met' puntjes zijn. Een willekeurige massamail vanaf een wereldreis: 'Tanzania… Echt de mooiste zonsondergangen hier… fijne mensen… lekker eten… Mmm, nog helemaal geen heimwee naar Nederland…!'

Ik neem aan dat de massamailschrijver zich voorstelt dat hij een voice-over in een natuurdocumentaire is. Voice-overs in natuurdocumentaires pauzeren namelijk altijd overweldigend veel, liefst midden in een zin. Kun je voor kiezen, maar irritant… is het wel… vanwege de… pseudodiepzinnigheid die ervan afstraalt…

Er bestaan ook jongens die hun sms'jes aan meisjes volproppen met puntjes. 'Kom je zo tv-kijken? Heb 'm al aangezet…' Deze puntjes suggereren eerder iets romantisch, of zelfs iets vies. Alsof hij hardop 'puntje puntje puntje' zegt, met een vette knipoog erbij. Alleen is vaak niet duidelijk wat er dan precies zo spannend is aan bijvoorbeeld het aanzetten van de tv.

Ooit was ik een tijdje geobsedeerd door de tweets van Marco Borsato, eigenlijk alleen door de puntjes die hij over zijn volgers uitstrooide. Een paar Borsatotweets uit de oude doos:

'Zondag gevoel lekker naar de film met de kids kan zo……leuk zijn gewoon naar de film.'

Je zou bijna denken dat het níét echt leuk was. Maar dat denk ik niet, de puntjes drukken hier waarschijnlijk de bedenktijd uit die het zoeken naar het juiste woord ('leuk') kostte.

Nog een Borsato-original:

'We zijn er.. zo dat was echt lekker nu snel luca naar bed en dan warmbad toastje paling en..... een wijntje?... nee dat doe ik wel met.....'

Met wie! Zeg het, Marco! Met wie ga je wijn drinken nadat je in je warme bad paling hebt zitten snaaien!

De volgende tweet vertelt dat het Guus Meeuwis is. Beetje een tegenvaller.

Maar waar het hier vooral om gaat is de variatie in het gebruik van puntjes. Opvallend is dat Marco, een creatieve geest, schijt heeft aan de internationale regel 'drie puntjes, niet meer en niet minder'. Het is alsof Marco's tweets een verborgen ritmiek hebben. Een maatsoort. Zou hij ze eerst zingen voordat hij ze opschrijft? Daar kunnen we alleen maar naar gissen... (Vooral slotzinnen met puntjes zijn verschrikkelijk.)

Waaaterkoud

Als het drie dagen vriest in Nederland, dan is er ten eerste altijd iemand die de Elfstedentocht ter sprake brengt. Daar kun je bijna de klok op gelijk zetten. Het is een soort natuurkundige wet.

Ten tweede gaan mensen meteen helemaal los op Oudhollandse uitdrukkingen. Ze halen hun schaatsen 'uit het vet', ook al hadden ze er nooit vet op gesmeerd. En ze staan 'op de ijzers'. En verder krijgen ze een verre blik in hun ogen en zeggen dingen als: 'Het kraakte... Maar mooi, man! Mooi!'

Ook zijn er veel mensen die gaan beweren dat het 'waterkoud' is. Officieel betekent dat geloof ik dat het koud is, maar dat er toch een hoge luchtvochtigheid is. Als het vriest, lijkt 'ijskoud' mij een meer kloppende benaming. Toch hoor je veel 'waterkoud'. Het is een fijn woord. Misschien omdat je het zo lekker overdreven kunt zeggen: waaaaaterkoud. Alsof je er een beetje van geniet dat je vingers eraf vriezen.

Verder heeft kou in de Nederlandse taal toch vooral met negativiteit te maken. Waarschijnlijk komt dat doordat het hier eerder te koud dan te warm is. Grappig is bijvoorbeeld dat 'de hel' op Nederlandse schilderijen vroeger niet werd afgebeeld als een vuurzee, maar als een ijslandschap. De schilders van toen konden zich niet voorstellen dat hitte ook echt onaangenaam zou zijn, terwijl ze de kou maar al te goed kenden.

Dat zie je dus ook terug in de taal. Een koud of een kil persoon is niet iemand die je graag wilt leren kennen. Terwijl 'een warm mens' in principe aardig bedoeld is. (Terzijde, 'een warm mens' is in praktijk meestal een onuitstaanbaar persoon die je de hele tijd overlaadt met 'hoe is het nou echt met je' en 'ik vind het heel mooi dat ik je hier tegenkom'.)

Het Amerikaanse woord 'cool' is weliswaar opgenomen in de Nederlandse taal, maar ik denk niet dat we het zelf ooit hadden kunnen verzinnen. Daarvoor is het hier te koud.

Nu nog

Soms zit de crisis ook gewoon in je hoofd. Ik lees: 'Proef de nu nog rijkere smaak!' Ik denk: proef het voordat het een armere smaak gaat worden.

Het duurt lang, heel lang, voor ik begrijp wat er bedoeld wordt.

Niet-voetbal

Ga tijdens een uiterst belangrijke voetbalwedstrijd in een café zitten. Kijk om je heen. Wie zitten er?

Ik heb het wel eens gedaan en ik zag allemaal mensen die uitermate tevreden waren met zichzelf. Alles aan hun lichaamstaal straalde uit: Ik hoef geen voetbal te kijken, ik besteed deze tijd veel beter! (Met muffins eten, namelijk.)

Om mij heen hoorde ik ook alleen maar: 'Nee, het interesseert me niets. Nee hoor. Mij kan het niet schelen. Ik héb gewoon niets met voetbal.' Dat niet-kunnen-schelen had bijna iets verbetens. Er werd ook heel fanatiek gezegd: 'Lekker rustig, hè? Normaal is het hier heel druk!'

Ik was het ermee eens. Ook ik was fanatiek aan het genieten van de rust. Zo fanatiek, dat ik er bijna zenuwachtig van werd.

Vlak naast mij zaten twee mensen tegen elkaar op te scheppen over wat voor dingen ze nog meer allemaal heel goed deden. Het meisje zei: 'Ik eet eigenlijk bijna nooit vlees. Alleen maar heel af en toe, maar dan wel biologisch.' En de jongen zei: 'Ik eet al heel lang geen vlees en ook geen vis meer.'

Dit waren goede mensen, dat kon je zo horen. Niet-voetbalkijken was hun hobby en niet-vlees was hun lievelingskostje.

Na een kwartier of drie genieten met de andere mensen werd ik toch te onrustig. Ik houd dan wel niet van voetbal, maar stel dat ik nu het moment van de eeuw gemist had? Toch maar snel naar huis gegaan om de tweede helft nog mee te pakken.

Achterstaan en voorzitten

Wat het EK en het WK gemeen hebben met Sinterklaas is dit: de winkels staan er steeds vroeger vol mee.

Er verschijnen slogans als: 'Nederland staat achter Oranje', terwijl je daar nog niet echt over nagedacht had.

Ergens achter staan, dat klinkt goed. Vooral als je het vierkant doet. Ik stel me er altijd een soort leger bij voor – iedereen staat achter degene die het echt moet gaan doen. Een soort heldhaftigheid zonder dat er echt iets hoeft te worden opgeofferd. Tegen iemand die de Mount Everest gaat beklimmen, kun je heel vrijblijvend roepen: 'Hé, succes hè? We staan achter je...'

Gewoon achterstaan, in een voetbalwedstrijd bijvoorbeeld, is dan weer niet goed, en zorgt ervoor dat mensen niet meer achter je staan.

Ergens vóór staan heeft ook iets heroïsch, maar je hebt er dan meestal wel zelf iets actiefs mee te maken. Als iemand zegt: 'De kwaliteit van de Nederlandse asperges, daar stá ik voor,' dan ga je er toch wel van uit dat diegene ook echt iets met de aspergeteelt te maken heeft.

Met 'zitten' zit het weer heel anders. Je kunt wel iets voorzitten. Maar achter zitten bestaat niet, behalve in de meest letterlijke betekenis van het woord, als je bijvoorbeeld achter iemand zit in de tram. 'Nederland zit vierkant achter Oranje!' Dat klinkt niet, terwijl dat effectief wel is wat er gebeurt, op al die miljoenen bankstellen in den lande.

Goed gezegd

Ik hoorde iemand zeggen: 'Ik wil de poëzie van de thema's behandelen. Maar wel concreet.' Hij was niet eens dronken.

Wijsheid

Het is mogelijk een vraag te stellen die geen vraag is. 'Zou jij even koffie willen zetten?' is vaak toch echt meer een bevel dan een vraag. Retorische vragen zijn vaak constateringen, in de vermomming van een vraag. 'Maar ís plastic eigenlijk wel zo slecht voor het milieu?' Dat kun je zeggen, en wat je dan eigenlijk bedoelt is: plastic is niet zo slecht voor het milieu.

Er is nog een soort vraag-die-geen-vraag-is, en dat is de vraag waar ook niet eens een vraagteken achter uitgesproken wordt. Een vraag, kortom, die niet aan het einde van de zin omhooggaat, waar ook geen antwoord op verwacht wordt, maar die ergens in een grijs verleden wel bedoeld was als vraag.

Specifiek denk ik dan aan het volgende. Er is een probleem. Bijvoorbeeld: Oma moet van het station gehaald worden, maar misschien komt ze ook wel op eigen gelegenheid, en dan is er niemand thuis omdat iedereen bezig is met haar op te halen. Voordat de oplossing voor dit niet zo heel moeilijke probleem wordt gevonden, kun je zeggen: 'Wat is wijsheid.'

Dit is geen vraag naar wat wijsheid eigenlijk is, naar het concept 'wijsheid' dus. Het is ook geen vraag naar wat een wijze handelwijze is. Het is meer een denkpauze om zelf met een oplossing te komen.

Zo'n vraag zonder vraagteken kom je ook wel eens tegen als je bijvoorbeeld zegt: 'Ik heb trek in een kop thee.' Degene tegen wie je dat zegt, kan dan op neutrale toon zeggen: 'Zal ik jou eens heel blij maken.'

Er zijn vast nog veel meer vragen zonder vraagteken. En zal ik daar nou eens op gaan zitten broeden.

Verkleinwoordjes

Ik heb een nieuwe kat. Ze heet Streepje. Meteen in de eerste week dat ik haar had, zei iemand tegen mij dat die naam hem deed denken aan geschoren schaamhaar. Sindsdien noem ik Streepje Streep.

Dat klinkt ook stoerder trouwens.

Met mijn nieuwe stoere kat ging ik naar de dierenarts, en daar werd ik in één snelle beweging een nieuw universum in getrokken. Een universum van de dierenliefhebberstaal.

'Alle poesjes hebben wormpjes, die krijgen ze nog mee uit het nestje,' zei de dierenarts met grote ogen. 'En soms krijgen ze ook vlooitjes mee. En dan geven we druppeltjes, zo tussen de haartjes van het nekje. En dan gaan de vlooitjes dood.' Ik checkte voor de zekerheid even of ik niet toevallig veranderd was in een negenjarig kind met staartjes. Nee. Maar vanwege mijn kat werd alles ineens met verkleinwoordjes gezegd. 'En nu moet ze een klein prikje, en dan gaat ze waarschijnlijk even piepen. Maar het duurt maar heel kort, en het is vlak onder haar velletje.' En daarna: 'Buikje voelt goed, oortjes zien er goed uit, en binnenkort gaat ze haar melktandjes wisselen.'

Tot zover het stoere imago van mijn kat. Het was alsof ik in een zoete wereld terecht was gekomen waar alle diertjes lief waren, behalve de vlooitjes, want die moesten dood.

Op de een of andere manier had ik verwacht dat dierenartsen juist zakelijk zouden zijn. Dat je als klant het zoetsappige weekdier was. Maar nee: de dierenarts hield nu al meer van mijn kat dan ik.

'Wat heeft ze een mooi lang staartje,' verzuchtte de dierenarts.

Ik had na al dit liefdevolle gekweel natuurlijk gehoopt op een klein lief rekeningetje.

Katprojectie

Een vriendin van mij kreeg ooit van haar therapeut te horen dat alles wat zij tegen haar kat zei, moest worden opgevat als iets wat zij eigenlijk tegen zichzelf wilde zeggen. Deze vriendin riep bij thuiskomst bijvoorbeeld vaak tegen de kat: 'O, arme Siepie! Zit je nou alweer helemaal alleen! O, wat zielig!' Volgens de therapeut vond deze vriendin zichzelf eenzaam en zielig, en had ze behoefte aan troost.

Ik heb deze theorie altijd verschrikkelijk interessant gevonden. Want stel dat het waar is? Dat er zoiets is als katprojectie?

Ik besloot op mezelf te gaan letten, en te noteren wat ik tegen mijn kat zeg. Om meer over mezelf te weten te komen.

Hangt mijn kat in de gordijnen, dan zeg ik, vermoeid: 'Hè ja. Laten we in de gordijnen gaan hangen.' En ook: 'Kan het misschien één keer normaal?'

Heb ik haar al drie keer uit de gordijnen gehaald, zonder effect, dan hoor ik mezelf zeggen: 'Nou, dat gaat lekker. Vind je het zelf wel een goed idee?' En: 'Ík reageer er niet meer op.'

Ik ben tegen mijn kat, en misschien dus ook wel tegen mijzelf, een vermoeide, cynische verpleegster die zich te veel van het verpleegsters-wij bedient: 'Waar denken we dat we mee bezig zijn?'

Ik ben zowel streng als half-afgeleid. Als dit ook mijn houding tegenover mijzelf is, vind ik dat geen goed nieuws.

Maar er is gelukkig ook een andere kant. Ik roep ook vrij vaak: 'Wat ben je lief! Ja! Ja! Met je vacht!'

Laatst was mijn kat bijna van het balkon gevallen, maar ze worstelde zich nog net naar binnen. Na mijn hartverzakking bracht ik uit: 'O, wat ben je dapper! Je bent de dapperste kat die er is.'

Alles

Vaak heb ik het volgende gesprek gevoerd:

'Hoe gaat het?'

'Niet zo.'

'Wat is er dan?'

'Alles.'

In dit gesprek ben ik zowel vrager als antwoorder geweest. 'Alles' als antwoord is de ultieme dooddoener. Het betekent: ik wil er niet over praten. Of: ik wil er wel over praten, maar daar zal meer moeite voor moeten worden gedaan. Of: ik had er allang over willen praten, maar omdat er niet eerder naar gevraagd werd, heb ik er nu geen zin meer in.

Daarnaast is het antwoord 'alles' natuurlijk nooit waar. Nooit is alles mis, en mensen die 'alles' antwoorden, moeten dan ook gewezen worden op de Tweede Wereldoorlog, waarna de ruzie echt kan beginnen. (Ik heb wel eens gehoord dat je in ruzies nooit de woorden 'alles', 'niets', 'altijd' en 'nooit' mag gebruiken. Als je zegt: 'Jij doet ook nooit eens wat, niets kan ik van je verwachten, ik doe hier alles in mijn eentje en ik sta er altijd alleen voor!', dan schijn je niet constructief bezig te zijn.)

Afijn, 'alles' is dus een onhandig woord, maar toch hoor je het steeds vaker. En wel in de volgende zinsnede: 'Dat heeft natuurlijk alles te maken met.'

Je hoeft de radio of de tv maar aan te zetten en je hoort het. Iemand legt iets uit. 'De dijken verzakken, en dat heeft natuurlijk alles te maken met de droogte.' Dat heeft niet een beetje te maken met de droogte, nee, alles. Echt alles. Stel dat je gewoon zou zeggen: 'Dat heeft te maken met de droogte.' Dan klinkt het alsof je niet echt op de hoogte bent van wat er aan de hand is, maar een gokje waagt. 'Ja, die bonnetjes in dat envelopje, die hebben te maken met dat ene dienstreisje, geloof ik.' Zodra iets álles te maken heeft met iets anders, is er een deskundige aan het woord.

Overigens kan die spreekstijl ook gebruikt worden bij onderwerpen die verder weinig met deskundigheid van doen hebben. 'Mijn vriend wil niet naar Zwitserland op vakantie, en dat heeft dan weer alles te maken met zijn moeder, die daar vroeger juist altijd heen wilde...' En presto: je lijkt een deskundige op het gebied van het zielenleven van je vriend. Mensen zijn graag deskundig – daar heeft het natuurlijk alles mee te maken.

Geen woorden voor

Stel, een sporter verbreekt een wereldrecord, eindelijk, terwijl niemand het nog had verwacht. Vervolgens wordt hij geïnterviewd. Grote kans dat hij dan eerst zegt: 'Hier zijn geen woorden voor.' Om in de vijf minuten daarna toch woorden te proberen te vinden voor wat hij voelt.

Met rampen is het hetzelfde: ook daar wordt vaak eerst gezegd dat er geen woorden voor zijn.

Blijkbaar is er een soort middengebied van de menselijke ervaring waar woorden voor zijn. Wordt het te naar of te leuk, dan houden woorden op. Neurologisch gezien klopt dat ook wel, want onze cortex (waar de taal zit) komt aan die heftige emoties minder te pas. Wie cerebraal is aangelegd, zal proberen om emoties in woorden te vatten, waardoor ze minder oncontroleerbaar en heftig lijken. Je trekt de emoties, door ze te benoemen, de cortex in.

Er zijn ook begrippen waar best een woord voor had

kunnen zijn, maar wat er gewoon niet is. Hoe heet het stukje onder je wenkbrauw maar boven je ooglid? Geen idee. Vooral als je vloeiend bent in een andere taal, weet je wat het Nederlands mist. Van een vriend die Hebreeuws kan, hoorde ik dat hij in het Nederlands de volgende uitdrukking mist: gefeliciteerd met het nieuwe. In het Hebreeuws is daar een makkelijke uitdrukking voor. Heeft iemand een nieuwe baan of een nieuw kapsel, dan zeg je 'titchadesh'. Dat zou voor ons ook best handig zijn.

Er zijn mensen die zeggen dat als een woord in een samenleving écht nodig is, het er wel zou zijn. Toch is dat niet zo. Een bekend begrip waar geen woord voor is terwijl dat er echt zou moeten zijn, is het volgende. Een kind zonder ouders heet een wees. Maar hoe heten ouders die een kind hebben verloren? Daar is geen woord voor – bij mijn weten ook niet in andere talen. En dat maakt het verliezen van een kind op de een of andere manier nog wreder en eenzamer dan het al is.

Oeropa

Europa is heel belangrijk. Schijnt. En iets wat we met z'n allen delen of zo. Jammer dat het zo'n ingewikkeld woord is. Mensen van wie het Nederlands niet de eerste taal is, hebben er altijd verschrikkelijk veel moeite mee. Die maken er 'Eropa' van, of 'E-oeropa'. Dat komt omdat de Nederlandse klinkers onmenselijk moeilijk zijn. Vooral de zogeheten tweeklanken (ook wel diftongen genoemd) zijn verschrikkelijk. Dat zijn klinkers die halverwege veranderen in een andere klinker, of in een soort halve j- of w-klank. Denk aan de au/ou, de ei/ij, de ui en de eu. En dan verschillen die klinkers ook nog eens per woord. De 'eu' in Europa is bijvoorbeeld een andere dan in 'reus'.

En gesteld dat je als 'nieuwe Nederlander' dat hele arsenaal aan piepkleine nuances onder de knie hebt gekregen, dan zul je zien dat je een Nederlander treft die het ineens over 'Uropa' heeft. En 'de uro'. Kun je weer opnieuw beginnen.

Er zijn ook mensen die te lang op een gymnasium hebben gezeten, of erger nog, er lesgeven, en die betrap je nog wel eens op een besmuikt 'Uiropa'. Ze beseffen zelf natuurlijk ook wel dat dit niet kan, maar de klassieke opleiding kruipt waar ze niet gaan kan. Overigens wordt het 'Uiropa' nooit uitgebreid naar 'de uiro', tenzij in ironische zin. En dan wordt er meteen ook, dolkomisch, het meervoud 'uiri' van gemaakt.

Het zou handig zijn als we een makkelijke klinker zouden gebruiken voor Europa. Eentje die iedereen kan. Zodat we allemáál létterlijk en figúúrlijk, mee kúnnen én mógen praten (gadver, ik lijk wel een Europoliticus).

Dus dit is het plan: vanaf vandaag zeg ik Oeropa. Dat straalt traditie uit ('oertijd') maar ook gezelligheid ('oergezellig'). Oeropa. Oeropa. Zie je, het went al.

Het toneel-hm

Pas op, na het lezen van dit stukje kunt u nooit meer normaal naar een televisieserie kijken. Dus als u dat nog wel wilt, dan moet u nu snel uw ogen dichtdoen en dit stukje overslaan.

Ja? U bent er nog?

Het gaat om het volgende. Stel, in die televisieserie zit een gezelschap aan tafel. Er wordt gegeten maar ook gepraat. Dan moet u eens letten op het volgende. Als iemand dan het woord neemt, dan MOET diegene eerst het tussenwerpsel 'hm' gebruiken. Dus zo: 'Hm, we moeten trouwens nog even een kaartje aan tante Lydia sturen.'

Dat 'hm' betekent niets. Het is meer een soort code die hoort bij 'praten tijdens het eten in een toneelmatige setting'. Want let er tijdens een familie-ontbijt maar eens op: in het echt gebeurt dat 'hm' vrijwel nooit.

Ik vraag me dan altijd af of acteurs dit geleerd krijgen. Dat er een of andere docent op de toneelschool rondloopt die generatie na generatie aspirant-acteurs aanleert om eerst 'hm' te zeggen.

Toch denk ik niet dat een docent de oorzaak is. Ik weet dat comedians, die niet op de toneelschool hebben gezeten, iets dergelijks doen. Ze nemen op het podium een slokje water, en dan zeggen ze: 'Hm, trouwens, weet je wat je nooit moet doen? Met je vriendin naar de Ikea.'

Terwijl ze als ze buiten het podium iets drinken,

nooit 'hm' zeggen voor ze weer gaan praten.

Het toneel-hm: duidelijk een onderwerp waar nog veel onderzoek naar verricht moet worden.

Nouvelle vague

Mijn broer vertelde mij dat hij onlangs had geleerd dat 'nouvelle vague' 'nieuwe golf' betekent. Voor mij was het ook een verrassing. Wij waren er beiden van uitgegaan dat het 'nieuwe vaagheid' betekende. Dat een kunststroming zichzelf 'nieuwe vaagheid' zou noemen vonden wij niet raar. Wij dachten dat dat juist kunstzinnig was.

Na de piep

Een raadsel: als iemand in een televisiedrama of een film telefoneert, dan gaat dat altijd ongeveer zo: 'Ja... ja... Ik begrijp het... Oké... Nou, probeer dat dan maar uit te zoeken.' En dan legt de acteur neer. Let op: hij zegt geen gedag. Terwijl telefoongesprekken in het echte leven gekenmerkt worden door een veelvuldig 'Dag! Ja! Doe-doei! Doei!' Blijkbaar is het telefonisch dagzeggen (toen de telefoon net bestond heette dat 'afbellen') in de film net zoiets als naar de wc gaan. Dat laat je liever niet zien.

Voicemails komen in films al helemaal niet voor. Iedereen bereikt elkaar altijd. Terwijl voicemail-welkomstteksten zo'n bron van inspiratie zouden kunnen zijn. Je kunt zo veel aflezen uit wat mensen daarop inspreken. Nonchalant: 'Hé, dit is de voicemail van Tim, ehm, spreek maar wat in na de piep of zo.' Of krenterig: 'Dit is de voicemail van Gerald, je kunt wat inspreken maar liever heb ik dat je me een sms'je stuurt.' Of controlfreakerig: 'Hallo, dit is de voicemail van Annelies, ik ben momenteel niet bereikbaar (geluid van huilende baby op achtergrond), maar probeer het alsjeblíéft later nog eens of spreek wat in, dan bel ik terug. Dag!' En de talloze min of meer grappige welkomstboodschappen: 'Hallo, met Willem... z'n voicemail dan. Je weet wat je moet doen.' Of: 'Dit is de voicemail van Jordi, doe lekker je ding na de piep!'

Er zijn ook voicemailopties die ervoor zorgen dat je bijna niets meer hoeft in te spreken, behalve je naam. Dan is er al een zwoele vrouwenstem die zegt: 'Dit is de voicemail van... U kunt na de toon een bericht inspreken.' (Professionele stemmen zeggen altijd 'toon' en nooit 'piep' – raar is dat.) Alleen zijn er natuurlijk mensen die niet goed hebben begrepen dat ze voor deze optie hebben gekozen. Dan krijg je zoiets: '(zwoele vrouwenstem) Dit is de voicemail van (verwarde mannenstem) Dit is de voicemail van Piet van der Kruk, spreek wat in na de piep (zwoele vrouwenstem) U kunt na de toon een bericht inspreken.' Prachtig.

Dorst

Graag wil ik een verdwijnend woord terugbrengen: dorst. Niet dorst van 'ik heb dorst', dat is een gewoon woord. Ook niet 'dorst' in de betekenis van 'hij dorst het graan', want face it, hoe vaak heb je het nou over het dorsen van graan? Nee, het gaat me om 'dorst' als een verleden tijd van durven. 'Hij dorst daar niet naar binnen te gaan.' Je hoort het niet veel meer, terwijl het juist zo mooi is.

Ik geloof dat 'dorst' voornamelijk door de lageropgeleide bejaarde wordt gebruikt. Die uit het raam hangt in een volkswijk en met de overbuurvrouw bespreekt wat er met een derde buurvrouw aan de hand is. 'Ze dorst niet meer naar de winkel, ze dorst niet meer naar het zwembad, uiteindelijk heeft ze van de dokter pillen gekregen en nu zegt ze helemaal niks meer.'

Wat een mooi woord, dorst. Hoog tijd om het weer met z'n allen te gaan gebruiken.

Hij zat te denken

Sinterklaasgedichten vormen een heel aparte categorie gedichten. Waarom? Omdat je ze nooit zelf mag voorlezen. Als een officiële dichter een gedicht schrijft, dan stopt hij dat in een bundel en weet hij niet wat er verder mee gebeurt, of hij gaat dat gedicht zelf met de juiste intonatie en op het juiste tempo voordragen op een poëzieavond.

Het moeilijke van het Sinterklaasgedicht is dat iemand anders jouw werk moet voorlezen, terwijl het misschien niet de beste poëzie is, qua rijm en metrum.

Stel dat een gedicht het niet lekker loopt, dan kan de Sinterklaasdichter dat oplossen door accenten te plaatsen op lettergrepen die eigenlijk de nadruk niet hebben: 'Rob heeft een hevig temperament, maar Sint vindt: Hij is tenminste wel levénd.'

Hier nu ligt een heel terrein open voor mensen die zich ergeren aan klemtoongebruik. Want door het juiste gedicht te schrijven, kun je de ander jouw versie van het woord laten zeggen. Párfum of parfúm, bíologisch of biológisch, normalíter of normáliter.

Zelf denk ik te weten dat het nótulen is en niet notúlen, maar ik bevind me in zó'n klein groepje gelijkgestemden dat het best kan dat we ongelijk hebben, of inmiddels door taalverandering ongelijk hebben gekregen. Wat niet wegneemt dat ik keihard in een gedicht mijn gelijk zou kunnen halen. (In praktijk probeer ik vaak iets te zeggen als nótúlen, dan zit ik ertussenin.)

Ik ken mensen die wisten dat het spel Kolonisten van Catan oorspronkelijk uit Duitsland komt, en daarom altijd 'cataan' zeiden. In hun Sinterklaasgedicht hadden ze het op een 'aan'-woord laten rijmen. Dat werd niet begrepen; Catan werd gewoon als Catan voorgelezen en het gedicht rijmde niet.

Want dat is natuurlijk ook een oplossing voor mensen die het gehad hebben met rijmschema's en klemtonen – gewoon helemaal richting de *free verse* gaan. Beetje gedachten en gevoelens op papier knallen, en vervolgens in een hoekje heel interessant gaan zitten kijken.

Doe normaal

Ooit was ik per ongeluk bij een bijeenkomst over sexualisering in de samenleving. Een doodsaai onderwerp, natuurlijk, want met sex had het allemaal weinig te maken. Niemand leek op te pikken dat 'samenleving' een ander woord voor sex is, en dat sexualisering in de samenleving dus een beetje raar is, maar goed, je zult wel een taalnerd moeten zijn om daarvan te genieten.

Om de middag nog geestdodender te maken, was er een dichteres uitgenodigd die een ellenlang gedicht voordroeg over vrouwen, mannen, kinderen, mensen, lichamen, respect, mishandeling, emancipatie, tja, waarover ging het eigenlijk niet?

Omdat het gedicht vijf minuten duurde, had ik uitgebreid de tijd om de kunst van het 'gedichten voordragen' te bestuderen.

Mijn vraag is de volgende: waarom kunnen dichters niet op een normale toon een gedicht voordragen? Ik word volledig afgeleid van de taal van het gedicht door die bevreemdende, zwevende manier van voorlezen: 'Een lichaam... is voor mensen... wat een huis is... voor mensen...'

Je hebt ook een ander soort dichters, die een meer gedreven, hysterische stijl aanhangen. Dan klinkt het meer zo: 'En We Gaan Ten ONDER In Het ONDERSTE En Wie Niet Weg Is Is Gezien!' Ik Vind Dit Doodvermoeiend.

Ik vermoed dat het gekke toontje bedoeld is om diepzinnigheid te suggereren.

Laten we een experiment doen. Lees een willekeurig stuk krant voor, op gedichtentoon, en luister of het kunst is.

'Het personeel... deelt massaal mee... in de koerswinsten... bij de overnamegolf... van Nederlandse bedrijven.'

1 april: kikker in je bil. Uit dit gezegde blijkt dat rijm veel belangrijker is dan logica.

Het is waarschijnlijk de bedoeling dat je de kikker tussen twee billen visualiseert. Niet in een bil; dat kan namelijk helemaal niet, behalve in een enge medische Shock Doc op RTL 5. '1 april: kikker in je bil' is derhalve een voorbeeld van zinloos rijm.

Een ander voorbeeld is 'jammer de bammer'. Puur zinloos rijm, tenzij 'bammer' eigenlijk een vernederlandsing van het Amerikaanse 'bummer' is, dat ook ongeveer 'jammer' betekent. Maar dat denk ik niet. 'Jammer de bammer' past in de traditie van 'helaas, pindakaas'. En 'opperdepop', als de boterham braaf opgegeten is. En 'jemig de pemig', groot gemaakt door Koos Koets (van Koot en Bie). Aju paraplu. Meneertje koekepeertje. Hoi pipeloi. De ballen, en laat ze niet vallen. Hasta la pasta. Joepie de poepie.

Zinloos rijm is iets wat vele volken aanspreekt ('*See you later, alligator*'). In Amerika hebben ze er zelfs een formule voor die altijd werkt. Hij is afkomstig uit het Jiddisch, en hij gaat zo. Je zegt een woord waar je graag een grapje over wilt maken omdat je vindt dat het niet zo serieus genomen moet worden. Vervolgens vervang je de eerste letter door de 'sjm'-klank. Bijvoorbeeld. Vind je dat er te veel wordt opgehangen aan de geschiedenis? Dan kun je zeggen: '*History, schmistory!*'

Fran Drescher, die in de televisieserie *The Nanny* de

rol van de nanny speelde, schreef haar autobiografie, waarin het vooral over baarmoederhalskanker ging. Dat boek heette *Cancer, schmancer.* Aardig boek, briljante titel (en overigens onbegrijpelijk vertaald als *Achter de lach*; Argh!).

Ook in Frankrijk zijn ze gevoelig voor zinloos rijm. Ooit probeerde ik een vertaling van 'helaas, pindakaas' uit op hotelpersoneel dat mijn shampoo had kwijtgemaakt: 'Nou ja. *Dommage, fromage.*' Ze moesten lachen. Maar misschien deden ze dat om de Nederlandse gekkin zonder al te veel problemen de deur uit te werken.

Treurigmakende voorbeelden van Nieuw Oudhollands

De perelaere, perensap
De smulpaep, een snackbar in Amsterdam-Zuid
Sarphatistaete, een flatgebouw

Baxine

Even over het woord 'waxinelichtje': ik dacht vroeger dat het 'baxinelichtje' was. Omdat het in een bakje zat. Dat leek mij logisch.

Zo zijn er meer woorden waarvan je pas laat ontdekt dat je ze altijd verkeerd hebt uitgesproken. 'Wagon' was voor mij lange tijd 'bagon'. Pas toen ik leerde lezen, ontdekte ik dat het 'wanneer' was, en niet 'waarneer'. Hetzelfde geldt voor 'verderkijker'; dat bleek onlogisch genoeg ineens 'verrekijker' te zijn.

Iedereen heeft volgens mij zulk soort woorden; je hebt ze jarenlang verkeerd gezegd, maar dat werd nooit verbeterd of opgemerkt omdat de vergissing niet opvallend genoeg was. Onlangs hoorde ik een kind om 'nimonade' vragen; de l en de n lijken in zo'n woord blijkbaar te veel op elkaar.

Ook hoogwaardigheidsbekleders hebben baxinewoorden. Ik hoorde een keer een hoge pief, voorafgaand aan de troonrede, wel een keer of tien zeggen: 'Hare Majesteit de Konigin'. De ng-klank zat er gewoon helemaal niet in. Ik weet dat dat onder de grote rivieren wel vaker gebeurt, maar dan blijft de vraag: 'Why?' Hebben ze het allemaal verkeerd gelezen? En heeft niemand ooit gezegd: 'Het is koning. Plus in. Dus koningin. Niet konigin.'

Of is het woord 'koningin' gewoon te moeilijk om uit te spreken? Je hebt namelijk ook mensen die er juist 'koni-jin' van maken.

Misschien wordt het dan toch tijd voor een koning.

Negermevrouw

Koninginnedag 2009, Apeldoorn. 'Wat een feest had moeten zijn, werd een tragedie,' hoorde je honderd keer op het nieuws. En toch keek je honderd keer datzelfde nieuws weer. Uiteindelijk kon je niet anders dan minutieus letten op hóé alles werd gezegd.

Een verslaggever die je normaal alleen op de radio

hoorde, was nu ineens te gast bij het journaal. Hij zag er natuurlijk radicaal anders uit dan we allemaal hadden gedacht.

Hij had het drama van dichtbij meegemaakt. Wat hij zei, had ongetwijfeld iets te maken met de shock waarin hij verkeerde. Er was geen autocue, en hij probeerde zo eerlijk en beeldend mogelijk te vertellen wat hij in Apeldoorn had gezien. Midden in zijn relaas kwam ineens het volgende voorbij: 'Daar, op de grond, lag een keurige negermevrouw...'

Dat is zo'n uitspraak waarvan je zeker weet dat je hem verkeerd verstaan hebt. Maar dat nieuwsbulletin werd dus de hele middag herhaald, en daar kwam de keurige negermevrouw weer voorbij, en nog eens, en nog eens.

'Keurige negermevrouw', hoeveel aannames zitten daarin? Waarom moet dat 'keurig' erbij gezegd worden? Zou een negermevrouw, zonder bijvoeglijk naamwoord, niet keurig zijn? En dat negermevrouw zelf... dat kan toch ook totaal niet? In de discussies die volgden op dit fragment kreeg ik van verschillende mensen te horen dat 'neger' wel kan, maar niet als het gebruikt wordt door een witte verslaggever. 'Negermevrouw' werd in ieder geval algemeen verschrikkelijk gevonden.

De vraag drong zich op: zou iedereen in de positie van de radioverslaggever zich een 'keurige negermevrouw' kunnen laten ontvallen? Vanwege de schrik, en de stress van het journaal waar je ineens iets coherents moet vertellen?

Of zegt het feit dat je het op een ongecensureerd moment ineens over een keurige negermevrouw hebt, dan toch iets over hoe je denkt over, tja, hoe zal ik het zeggen, zwarte mensen?

Hoe vond je het gaan?

Ik kom in veel theaters om op te treden. Meestal is daar dan iemand van wie het de taak is om je welkom te heten. Bij kleine theaters is dat de directeur, bij iets grotere theaters de programmeur, en bij nog grotere theaters is het iemand die een badge op heeft waar 'ontvangst' op staat. Of 'begeleiding' of iets dergelijks.

Deze persoon kan heel goed welkom heten. Maar het is ook de taak van deze persoon om na het optreden naar je toe te komen en iets tegen je te zeggen. Het liefst hoor je als artiest natuurlijk: 'Wat een mooie voorstelling! En ik heb me gek gelachen! Dank je wel!'

Dit is echter niet altijd wat je te horen krijgt. 'Nou... hoe ging het? Lekker?' wordt wel eens gevraagd, en dan weet je niet of de persoon in kwestie misschien helemaal niet in de zaal zat. Of dat hij er wel zat, maar er niets aan vond.

Ook meegemaakt: 'Hoe vond je het gaan?' Ik: 'Ja, fijn wel, ik heb lekker gespeeld.'

'O gelukkig, want ik dacht wel: Kom op mensen! Ga nou mee met haar humor! Maar ja, 't is Gronkveld, hè.'

Onlangs hoorde ik deze: 'Nou, dat was wel een warm bad, hè? Volgens mij een héél lekkere zaal!' Dit klonk mij te veel als 'je hoefde er niets voor te doen, we hadden ook een aap met een paraplu'tje neer kunnen zetten.' Ik stond dus op het punt iets te antwoorden als: 'Nee, het was helemaal geen "lekkere zaal", maar ik heb ze door mijn superieure optreden tóch ingepakt.' Maar dat zeg je niet. Want dat komt te arrogant over.

Het ergste slotcommentaar heb ik meegemaakt toen ik, nog dampend van de adrenaline, weer in de kleedkamer stond. Ik had net besloten dat ik met mijn voorstelling eigenlijk de essentie van het bestaan had aangeraakt, en dat we met de hele zaal dichter bij elkaar waren komen te staan. En dat theater het leven is, maar dan de ideale versie ervan. Toen kwam de mevrouw die iets moest zeggen, en die zei: 'Leuk hoor. Woordgrapjes en zo!'

Woordgrapjes. Als ik érgens een hekel aan heb, dan is het wel aan woordgrapjes.

Ongooglebaar

Vroeger zat ik in de klas bij een meisje dat van de Jehova's Getuigen was. Ze groeide op bij haar grootouders, want haar ouders waren dood of weg, ik weet niet precies wat. Ze was half Surinaams of in ieder geval lichtbruin, en bloedmooi. Haar oma had een grote vleesbult in haar nek, die niet behandeld mocht worden, want anders had God haar wel géén vleesbult gegeven, maar dat had hij wel gedaan, dus dat was goed zo. De vleesbult was bijna even groot als haar gezicht; een normaal gesprek was niet mogelijk.

Het meisje mocht nooit traktaties aannemen want als God verjaardagen belangrijk had gevonden, had hij daar wel wat over laten weten, en vooralsnog was het veiliger om alleen Gods eigen feestdagen te vieren en niet die van de mensen.

Ze kon heel goed breien, want haar oma voedde haar op volgens haar eigen oude stempel. Ze was niet speciaal goed op school. Ik heb haar later wel eens gegoogled omdat ik zo graag wil weten wat er van haar terecht is gekomen. Ik wil zo graag dat ze een lesbische kraakster is geworden, bijvoorbeeld, of een filosofe. En dat ze niet in Jehova is gebleven, en niet haar kinderen naar school brengt met een vleesbult in haar nek.

Maar ze is niet te googlen. Te veel mensen heten precies zoals zij.

Feunen

Gehoord in de metro. Twee meisjes van een jaar of zestien. Het ene meisje zei: 'Kom morgen langs, gaan we chillen!' Waarop het andere antwoordde: 'Nee man, je moet niet meer zeggen "chillen", het heet nu föhnen!'

Dit was nieuw voor mij. Chillen zeg ik wel. Chillaxen ook. Dat vind ik redelijk modern van mezelf. Maar nu moest het dus blijkbaar alweer 'föhnen' zijn.

Thuis natuurlijk op internet gaan zoeken, en ja, het bestaat. Alleen je schrijft het als 'feunen'. En het komt uit een rapnummer van iemand die Hef heet.

Het onderzoek op internet wees uit dat ook mensen die in de doelgroep vallen (jonge rapliefhebbers) het er niet over eens zijn wat feunen precies betekent. Sommigen zeggen chillen, anderen zeggen 'in je auto rijden', en er is ook een stroming die vindt dat feunen blowen betekent. Misschien is feunen wel het jonge rapliefhebbersequivalent van 'smurfen'; een multifunctioneel woord waarvan de betekenis uit de context duidelijk wordt.

Hoe dan ook, ik denk niet dat feunen bij ons blijft. Bijna altijd als iemand expliciet zegt welk woord je dient te gebruiken, wordt dat woord het niet. Taal laat zich nu eenmaal niet makkelijk sturen. Alleen de woorden die er stiekem insluipen, mogen blijven.

Eenzaam activisme

Er waren eens verkiezingen over de samenvoeging van de gemeenten Scherpenzeel, Woudenberg en Renswoude. Op de radio was te horen dat er in Scherpenzeel ergens een bord in een tuin stond met daarop: SCHERPENZEEL IS VÓÓR VERENIGING!

Zulk soort borden, ik ben er dol op. Ten eerste omdat er dus iemand is die de gemeentelijke herindeling echt heel belangrijk vindt. Zo belangrijk, dat er helemaal een bord geknutseld moet worden. Dat bord wordt prominent neergezet om voorbijgangers te beïnvloeden.

Zouden er Scherpenzelers zijn die niet voor de samenvoeging waren, maar na het zien van het bord ineens denken: Hee, maar wacht, Scherpenzeel is voor vereniging... Dus ik ook!

Het maken van zo'n bord is waarschijnlijk vooral bedoeld voor de maker zelf. Er is grote irritatie, of woede, en die moet opgelost worden, maar dat kan niet, want je kunt er niets aan doen. Dan maak je een bord, zodat je in ieder geval hebt duidelijk gemaakt dat er irritatie is. Het is eenzaam activisme – ongericht, vaak niet bijster effectief. Maar je voelt dat er ergens binnen iemand zeer tevreden zit te denken: Zo! Dat ben ik kwijt!

Ook wel eens gezien, achter een raam: HONDEN, HIER NIET KAKKEN!!! Voor het geval dat de honden die kunnen lezen, toevallig ook de honden zijn die altijd voor je deur kakken.

De beste uitingen van eenzaam activisme zijn de

teksten op viaducten. De mensen die hierachter zitten, willen daadwerkelijk veel mensen bereiken. Daarvoor moeten ze wel midden in de nacht boven een snelweg gaan hangen, vervolgens een tekst op z'n kop gaan schrijven, waarbij het met de 's' bijna altijd misgaat. Maar na zo'n lange, enge exercitie heb je ook wat. Dan staat er jarenlang boven de snelweg: ƧTOP DE I.D. PLICHT.

Bij de beste snelwegteksten kun je zien dat de schrijver trots is op de vondst. Niet alleen is hij woedend over een of andere misstand, maar hij is ook blij met zijn eigen creativiteit. Mijn favoriete snelwegtekst valt in deze categorie. Dat is deze: STOP DE FLITSPAALDICTATUUR!!! Je voelt de blijdschap over dat woord 'flitspaaldictatuur'. Ontroerend.

Je moet maar zo denken

'Ah joh, je moet maar zo denken: als je helemaal op je bek gaat bij die wet-T-shirtcontest, dan geef je er ook wel weer een draai aan!'

Zwijgen

Bekijk het volgende gesprek:

'Zo! Hoe is het ermee! Goed?'

'...'

Aha. Het gaat dus slecht.

Weinig uitingen in taal zijn zo veelzeggend als de stilte. Ze zeggen wel dat zwijgen goud is, maar vaak is zwijgen gêne, afkeuring, of verdriet.

Je komt wel eens een stelletje tegen waarvan de een trots zegt: 'Als we bij elkaar zijn hoeven we helemaal niets tegen elkaar te zeggen. We begrijpen elkaar zonder woorden!' Daarbij heb ik altijd het vermoeden dat één van tweeën sowieso nooit iets zegt (wegens saaiheid bijvoorbeeld), en dat de ander heeft besloten daar maar een positief, romantisch feit van te maken.

De stilte kan ook passief-agressief ingezet worden:

'Nou, ík vind het in ieder geval een geslaagde vakantie.'

'...'

'Ja toch? We hebben het toch over het algemeen heerlijk? Nou?'

'... Hé, een wielewaal. Die zie je ook niet vaak, zeg.'

Dat stilte vaak moeilijk is, is natuurlijk gedeeltelijk cultureel bepaald. Sommige culturen zijn nu eenmaal praatgraag, en andere wat minder.

Mijn moeder was in de jaren zestig au pair in Noorwegen. Ze verbaasde zich erover dat de Noorse familie de hele avond bij de kachel kon zitten zonder te praten. Af en toe zei er iemand: 'Ja, ja...' Dan was het weer een hele tijd stil, totdat de volgende zei: 'Ja, ja...'

In Noorwegen was de stilte dus de norm. Die stilte werd zo nu en dan onderbroken door spraak. Bij ons is het eerder omgekeerd.

Het ergste wat je met een stilte kunt doen, trouwens, is hem benoemen. Stel, er is een levendig gesprek, en iemand zegt ineens iets gênants, bijvoorbeeld: 'Ik plas al-

tijd onder de douche bij de sportschool! Jullie niet dan?'
Het valt stil. En dan is er één persoon die deze stilte koste wat kost wil opheffen, dus die roept: 'En toen viel het stil!' Daar wordt de situatie niet minder gênant van. Sterker nog: het wordt allemaal nog veel tenenkrommender. In zulk soort situaties, blijkt, is zwijgen echt goud.

Wilhelmus van Nassauwe

Wij hebben een vreemd volkslied. Neem die eerste zin. 'Wilhelmus van Nassauwe, ben ik van Duitsen bloed.' Die ik-vorm is raar. Ik neem aan dat de bedoeling is dat we allemaal even doen alsof we Wilhelmus van Nassauwe zijn, die zelf van Duitsen bloed is. Of Diets, daar verschillen de meningen over. Maar dan zou je toch moeten zingen: 'Ik ben Wilhelmus van Nassauwe, en ik ben van Duitsen bloed.' Nu is het meer een soort vraag: 'Pardon, meneer Wilhelmus van Nassauwe? Ben ik van Duitsen bloed?' Vervolgens zou Wilhelmus dan zelf weer moeten antwoorden: 'Dat weet ik niet. En het is trouwens "Diets".' Maar dat gebeurt niet, het lied gaat ineens verder over 'in den doet', wat ook alweer een rare zin is.

Volksliederen van andere landen gaan over het hele volk, over ten strijde trekken, en over saamhorigheid en voorspoed. Ons volkslied is een absurdistische monoloog, die nog absurdistischer wordt als hij door een mensenmassa gezongen wordt. En dan kijken we er allemaal ook nog heel serieus bij.

Voorzichtig

Op internationale homofobiedag werd een heel timide homo geïnterviewd die zojuist was weggepest uit zijn wijk. Hij stamelde: 'Het probleem zat vooral bij de allochtonere jongeren in de buurt.'

Spraakverwarring

Ik was zes jaar en zat op judo, op een club die weliswaar Kindervreugd heette, maar daar verder weinig mee te maken had.

Samen met mijn vriendje Alex, die half-Amerikaans half-Japans was, was ik bij Kindervreugd gegaan, en de keuze voor die club was vooral geïnspireerd door het feit dat Alex er om de hoek woonde. Alex en Kindervreugd zaten alle twee in Amsterdam-Oost, een buurt waarvan ik op zesjarige leeftijd niet het idee had dat die bij Amsterdam hoorde. Het was daar altijd donker, en geen gracht te zien.

Op Kindervreugd zaten opvallend veel kinderen die Patrick heetten, en ook de Erwins waren ruim vertegenwoordigd. De leraar ('sensei') heette meneer Donker, en hij had een zwarte band. Zijn assistent heette meneer Zwart, en die had dan gek genoeg weer een bruine band. Meneer Donker was lang en mager en had de wind eronder, meneer Zwart was kort en dik en judode meestal met de grotere meisjes.

Alex en ik hoorden bij de kleintjes. Ik judode graag en was ook best fanatiek, en het kwam voor dat de ouders van mijn tegenstanders riepen: 'Trap hem dood!' Mijn vader, die ook aan de kant stond, zei dan: 'Het is een meisje, hoor.' Waarop de 'trap hem dood'-ouder zei: 'Nee hoor, dat zie je toch.'

'Nou ja, ik ben haar vader!'

'Ja, doei.' Daar wist mijn vader verder weinig aan toe te voegen.

In deze sfeer van elkaar respecteren en samen één groep zijn moest mijn liefdesleven beginnen, en dat begin heette Patrick. Patrick had rood haar en een grote bek, maar hij was me niet speciaal opgevallen.

Samen met Erwin kwam hij achter me staan voor het 'van de tafel gooien'. Dat was een onderdeel waar we de les altijd mee beëindigden: we klommen op een tafel en werden daar achterwaarts afgegooid door meneer Donker of meneer Zwart, en dan moest je goed neerkomen. 'Afslaan!' werd er geroepen, en als je dat deed was er niet zoveel aan de hand. (Als je niet afsloeg kon je een klaplong krijgen, maar hee, dat is dus *living on the edge*.)

Goed, we stonden dus in die rij, Alex en ik, en achter ons stonden Patrick en Erwin. 'Hé,' zei Patrick. Ik draaide me om. 'Wil je verkering?' vroeg hij. Ik wist niet wat hij bedoelde. Verkering. Wat zou dat kunnen betekenen? Ik dacht snel na, maar niet snel genoeg. 'Haha! Weet je niet eens wat verkering is?' riep Patrick. Ik merkte de ongelijkheid op. Als ik later met Patrick zou trouwen, zou dit typisch zo'n patroon zijn dat er al vroeg in zou sluipen en waar je dan niet meer van afkomt. 'Iets met stoplichten, denk ik,' zei ik, aarzelender dan de bedoeling was.

Nou.

Hoongelach.

Mijn kansen waren volstrekt verkeken bij Patrick en overigens ook bij alle andere Patricks.

Mosselman

Ooit, lang geleden, had je de groenteman en de mosselman. Nu is het niet meer correct om beroepen met een geslacht aan te duiden. Nu heten mensen ineens agrariër of 'retailer in food en non-food'. Een klusjesman bestaat nog wel. Maar dat is dan ook zo ongeveer het meest noeste beroep dat je kunt verzinnen.

Toen de woorden groenteman en mosselman uit raakten, raakte een ander soort woorden met 'man' erachter in. Eerst waren daar de woorden 'borstenman' en 'billenman'; dat moest aangeven welk deel van de vrouw vooral je aandacht trok. Daarbij werd aangenomen dat het twee elkaar uitsluitende groepen waren. Onzin natuurlijk – de meeste mannen die ik het gevraagd heb, zeggen: 'Ehm, ik denk allebei, mag dat ook?'

Na de borsten- en de billenman kwamen er meer soorten mannen. Over geoloog Salomon Kroonenberg hoorde ik een keer op de radio zeggen: 'Kroonenberg, de gesteentenman...' Omdat mannen nu eenmaal graag mannen zijn, vinden ze het ook fijn om over zichzelf te zeggen wat voor soort man ze zijn. Hou je van Italiaans koken, dan kun je zeggen: 'Ik ben echt een olijfolieman, dat gooi ik overal in!' Dat is de formule: 'Ik ben echt een ...-man.' En dan kun je eindeloos gaan combineren. Een kampeerman, een avonturenboekenman, of wat mij betreft een mosselman – in nieuwe betekenis. Het lijkt alsof je met afstand naar jezelf kijkt en niet zo in jezelf opgaat als je kunt zeggen tot welke groep mannen je behoort. Ook als die groep zojuist door jouzelf verzonnen is (de groep der olijfoliemannen). Dat heeft wel iets sympathieks.

Vrouwen kunnen niet zo over zichzelf praten. Dat heeft met het woord 'vrouw' te maken. Stel dat je als vrouw zou zeggen: 'Ik ben echt een kontjesvrouw.' Dan word je uitgekotst, en terecht.

Ook met onschuldiger onderwerpen klinkt het bij vrouwen meteen een stuk stommer. ‘Ik ben echt een kampeervrouw.’ Brr. ‘Ik ben echt een lekker-lang-uit-slapenvrouw.’ Te damesblad-achtig. Bij het praten over anderen kan het woord ‘vrouw’ weer wel gebruikt worden: ‘Janine is echt een mannenvrouw.’

Het enige ‘vrouw’-woord waarmee vrouwen zichzelf kunnen beschrijven is (en dat is een harde waarheid): huisvrouw.

Gewoon geen zin

‘Nee, ik kom niet vanavond. Het is echt héél erg tijd voor wat *me*-time.’

Contactdansen

Regelmatig ben ik op Oerol, het grote theaterfestival op Terschelling. Op Oerol gelden andere sociale regels dan in de rest van het leven. Iedereen lijkt besloten te hebben alle andere mensen heel erg lief te vinden. Soms lijkt het alsof er ecstasy door het kraanwater zit.

Dankzij de lage sociale barrière die op Oerol heerst, heb je meteen allerlei gesprekjes met wildvreemden. Tijdens een of ander knotsgek Oerolfeest met veel zweetlucht werd ik benaderd door een enthousiaste man die een praatje aanknoopte. Na een tijdje zei hij, quasispontaan: ‘Hee, joh, hou je van swingen?’ Waarop ik zei: ‘Nou, normaal gesproken wel, maar nu sta ik op iemand te wachten hier.’ De man was helemaal niet mijn type, nog los van het feit dat hij 'swingen' zei in plaats van dansen. 'O, jammer,' antwoordde hij, 'want anders hadden we even fijn kunnen contactdansen!'

Contactdansen. Het was voor het eerst dat ik dit woord hoorde. En ik wist niet precies wat het was. Maar ik werd er wel direct heel erg naar van. Want ik vermoedde dat het met veel kronkelende armbewegingen gepaard moest gaan, en elkaar aanraken zonder te zeuren over dat je dat eigenlijk niet wilt. En dat je dan soms van elkaar weg zou moeten dansen, maar in het kader van contact dan nog wel oogcontact zou moeten onderhouden.

En dat er, kortom, weinig te lachen zou zijn, omdat het allemaal zo verdomde spiritueel moest.

Ik was blij dat ik me midden in de Oerolgekte zo ontzettend ongezellig en oncoöperatief had kunnen opstellen.

Vriendjes en vriendinnetjes

Vrouwen van in de twintig (of zijn dat meisjes?) noemen hun vriendinnen vaak hun vriendinnetjes: 'Ik ga vanavond tapas eten met mijn vriendinnetjes.' Laatst vertelde zo'n vrouw van in de twintig dat ze jarenlang had gewalgd van dat 'vriendinnetjes' (te kinderachtig, te gemaakt-schattig), maar nu helaas toch gezwicht was. Ze had het te vaak gehoord om het zelf niet ook te gebruiken.

Mannen die het over hun vriendjes hebben, dat zijn doorgaans VVD'ers van boven de zestig ('Een vriendje van mij zit op de ambassade in Dubai...').

Niet alleen doet je leeftijd en je geslacht ertoe bij het aanduiden van de vriendenschare, ook de plek waar je woont is belangrijk. Wat is namelijk het geval? Er is een joekel van een verschil tussen de grote stad en alles daarbuiten. Als een stadse vrouw met een vriendin naar de film gaat, en ze vertelt daarover, dan zegt ze: 'Ik ga met een vriendin van mij naar de film.'

Buiten de grote stad wordt in dezelfde situatie eerder gezegd: 'Ik ben met mijn vriendin naar de film geweest.' Zou de stadse vrouw nooit doen. Tenzij die vriendin haar geliefde is. Maar om verwarring daaromtrent te voorkomen, moet de heteroseksuele, stadse vrouw haar toevlucht nemen tot 'een vriendin van mij', of anders eventueel '*een* vriendin'.

Ooit was ik in een provincieplaats waar ik als test de zin 'Een vriendin van mij weet alles van avocadorassen' uitprobeerde. Vonden ze belachelijk, nog los van die avocadorassen. Want je kon het net zo goed over 'mijn vriendin' hebben. Voor de mannen lag het allemaal anders, die zouden onder geen beding zeggen: 'Mijn vriend weet alles van avocadorassen.'

Wat kunnen we hieruit concluderen? In de stad behoort 'lesbisch' meer standaard tot de mogelijkheden. En mannen zijn, ook buiten de stad, bang om voor homo te worden aangezien.

Het onderscheid is ook weer niet zo heel zwart-wit. Er zijn namelijk ook lesbische vrouwen in de grote stad die het maar liever over 'mijn vrouw' hebben, omdat 'mijn vriendin' ook daar nog te vaak platonisch wordt opgevat.

Die heeft het mis

Bij het natuurminnende radioprogramma *Vroege Vogels* ging het over de Hondsbossche Zeewering. Er werd gezegd: 'Wie denkt dat het daar een saaie boel is, die heeft het mis.'

Deze uitspraak is bijzonder, omdat ze ervoor zorgt dat je precies het omgekeerde denkt van wat de bedoeling was. Stel dat je de Hondsbossche Zeewering zelf heel saai vindt. Dan denk je bij zo'n zin: Dat maak ik zélf wel uit! Ik vind het daar nu eenmaal saai, punt uit. Als je de Hondsbossche Zeewering daarentegen niet saai vindt, dan denk je: Natúúrlijk is het daar niet saai! Waarom wordt dat gerucht zo hardnekkig in stand gehouden! En als je, zoals ondergetekende, nog nooit over de Hondsbossche Zeewering hebt nagedacht, laat staan over het al dan niet saai-zijn ervan, dan denk je: Ik heb geen idee waarover het hier gaat, maar één ding is zeker: het is daar saai.

Dat is altijd zo bij uitspraken van het type 'wie denkt dat... die heeft het mis'. Het heeft misschien te maken met het feit dat om deze uitspraak het aura van 'jongerenwerker' hangt. Jongerenwerkers hebben als taak om stomme dingen toch leuk te laten lijken voor kansarme randgroepjongeren aan de zelfkant van de maatschappij. Een wervende brochuretekst kan bijvoorbeeld luiden: 'Wie denkt dat korfbal alleen leuk is voor bejaarden, die heeft het mis! Gemengd sporten is júíst heel vet!' Als je dat als kansarme jongere leest weet je natuurlijk niet hoe snel je een bushokje moet gaan vernielen.

De vraag is hoe je zoiets dan wel moet zeggen. Ontkennen dat iets saai is of stom, heeft al snel iets verdachts (Rummikub? Nee, helemaaaaal niet saai!).

Waarschijnlijk is het het verstandigst om gewoon niet te benoemen of iets saai is of niet. Dus meteen zeggen: 'Er wonen ongelooflijk veel soorten vogels bij de Hondsbossche Zeewering.' Dan kunnen de luisteraars zelf bepalen of dat saai is.

Je zit aan de telefoon. Je vindt dat het gesprek nu toch echt wel klaar is, je oor is warm. Dus je zegt met opgeruimde stem: 'Nou.' De ander begint een nieuw onderwerp. Je zegt: 'Hee, maarre...' De ander krijgt iets door, en zegt snel: 'Ja, we moeten maar weer eens aan de slag.'

'Ja. Hee, dus, nou ja, dan tot volgende week!'

'O ja, daar wilde ik nog wat over vragen...' En je zit weer tien minuten vast.

Omdat je aan de telefoon elkaars gezichtsuitdrukking niet kunt zien, kan de ander ook niet oppikken dat je ogen inmiddels ver in je oogkassen zijn weggedraaid, dat je tong uit je mond hangt en je met je hand een ronddraaiend gebaar maakt, alsof je daarmee de ander aan kunt zwengelen.

'Oké, maar ik moet nu echt... ja, dag...! dag...! ja... dag...! DAG!'

Elke keer dat je 'dag' zegt, zeg je het ietsje hoger en harder. Pas als het 'dag' een hysterische frequentie heeft gekregen, valt het kwartje en volgt eindelijk het finale dag.

Waarom is het vaak zo moeilijk om een gesprek te beëindigen? Waarschijnlijk omdat het op een of ander basaal niveau iets te maken heeft met de ander afwijzen. En dat doen mensen liever niet op een al te opvallende manier (Ik ken iemand die uit wanhoop een keer in de hoorn is gaan roepen: 'Houdt uw mond! Houdt uw mond!' – maar dat is een uitzondering). 'Ik ga nu een tunnel in,' is een geaccepteerde leugen om een gesprek af te breken, maar ook dat kan soms te veel opvallen.

Alleen verliefde mensen willen alle twee dat het gesprek zo lang mogelijk duurt. Veelvuldig hoorbaar in het openbaar vervoer: 'Oké, dag! Dag! Oké, nu echt dag! (...) Nee, hahaha, ik was juist aan het wachten tot jíj ophing! Oké nu écht echt dag. Dag. Dag! Kusje. Dag!'

Waarna het sms'en kan beginnen.

Gespruzie

Vaak liggen irritatie en liefde dicht bij elkaar. Ik heb bijvoorbeeld al lang een hekel aan woorden die ik 'jolige samentrekkingen' noem. Dus woorden als yoghonaise (yoghurt en mayonaise vermengd tot iets waar je je gezond bij zou moeten voelen); ik word daar rillerig van. Consuminderen. Wetenswaardevol. Rrrrrr.

Toch bedenk ik zelf ook wel eens een jolige samentrekking en dan word ik er juist helemaal warm van.

De laatste jolige samentrekking die ik bedacht was 'gespruzie'. Een gespruzie is een interactie waarvan je eerst denkt dat het een gewoon gesprek is. Maar alras blijkt dat het een ruzie is, die vermomd is als gewoon gesprek.

Vooral in de liefde komen gespruzies voor. 'Hee, het valt me wel op dat je altijd als we naar je moeder geweest zijn ineens van stemming verandert.'

'Ja? Hoezo dan?'

'Nou, dat je ineens nogal kortaf doet, bijvoorbeeld.'

'Hm, ik waardeer het dat je dat zegt. Ik weet alleen niet of ik het ermee eens ben...'

'Nou, het is ook niet echt iets om het wel of niet mee eens te zijn, het is meer een objectieve constatering.'

'Ehm, objectief...?'

'Ja, niet dan? Nee, anders hoor ik het graag!'

Voor je het weet zit je met zichtbaar kloppende aderen een 'gesprek' te voeren, en zoek je met één hand alvast naar een stuk serviesgoed dat je eventueel zou kunnen stukgooien, om je argumenten kracht bij te zetten. Dit is een gespruzie.

Op de werkvloer zijn gespruzies vaak subtieler, omdat mensen dan beter in staat zijn om tot het eind vol te houden dat het gewoon een professioneel gesprek was. 'Goed! Nou! Daar zijn we uit! Ik ga dus alle voorbereidingen treffen en jij komt er op het al-ler-laatst bij! Fijn dat we dit even hebben kunnen kortsluiten!'

Een gespruzie gaat altijd van gesprek naar ruzie.

Nooit omgekeerd. Dan zou het ook geen gespruzie heten, maar een rusprek. En dat klinkt voor geen meter.

Flapstaart

Wie, om wat voor reden dan ook, troost nodig heeft, komt in een heel nieuw taaldomein terecht. Want wat blijkt? Veel mensen die troost willen bieden, denken dat wat ze zeggen niet troostend genoeg is. Dat resulteert in de grootst mogelijke taalonzekerheid. 'Ja, ik kom niet verder dan "kut voor je", maar daar heb je natuurlijk niets aan.' Waarom zou je daar niets aan hebben? In strikte zin schieten woorden natuurlijk altijd tekort. Een blanco envelop met geld, daar heb je wat aan. Maar troost de envelop ook? Nee.

Ook populair onder troosters is: 'Ik kan werkelijk niets bedenken wat ik voor je kan doen. Maar áls er iets is...' Het klinkt alsof de spreker bang is dat hij de indruk wekt dat hij alle problemen zo maar eventjes denkt te kunnen oplossen.

Er zijn ook troosters die positiever in het leven staan. Ooit zei iemand dit tegen me (echt, echt, echt): 'Wat klote voor je dat het uit is. Maar wat een uitdaging om nu weer alleen verder te gaan!'

Het moeilijkste troosten vindt natuurlijk plaats als er iemand dood is gegaan. Omdat dat zo verschrikkelijk moeilijk en onmogelijk is, hebben de mensen verzonnen dat je dan 'gecondoleerd' moet zeggen. Een vreemde, afstandelijke formule, die daarom vaak wordt ingekapseld tot zoiets: 'Nou, gecondoleerd, zal ik maar zeggen.'

Jammer dat troosten niet een beetje meer pit mag hebben. Vergelijk het met feliciteren, het omgekeerde van troosten. Je hebt het ultrasaaie 'Nou, van harte' – dat is het 'gecondoleerd' van de felicitaties. Aan de andere kant van het felicitatiespectrum heb je kleuterjuffen die een vlag op het bord tekenen en er enthousiast de klassieker 'gefeliciflapstaart!' uitgooien.

Troosten met de energie van een kleuterjuf. Dat zou mooi zijn. Dat er bij elk levensdrama wel iemand op je af zou komen met een welgemeend 'gecondoleflapstaart'.

Tranen

'Heeeee. Heeeee. Zie ik nou tranen? Nee toch? Tranen? Neeeee. Gaan we niet doen, hoor. Die aandacht verdient hij helemaal niet. Heeeee.'

Te bizar

Vroeger, toen de mensen nog spreekwoorden gebruikten en daar veelbetekenend bij keken, bijvoorbeeld: 'Als de hemel naar beneden valt, hebben we allemaal een blauw hoedje', werd er ook nog wel eens gezegd: '"Te" is nooit goed, behalve in tevreden.' Dat was toen ook echt zo, want een taart kon lekker zoet zijn, maar als hij 'te zoet' was, dan was hij eigenlijk vies.

Inmiddels is 'te' natuurlijk allang niet meer vooral

negatief. 'We aten tapas in zo'n Spaans cafétje, echt te lekker!' Waarbij de nadruk op 'te' valt. 'Pinkpop was gewoon te leuk. En mijn tent was echt te ranzig want er had iemand op gekotst. Lachen man.'

Voor elk bijvoeglijk naamwoord kan eigenlijk 'te' gezet worden, zodat het woord aan kracht wint.

Neem 'bizar'. Vroeger was bizar een extreem woord dat vooral van toepassing was op dingen waarvan je het bestaan bijna niet geloofde. Een seriemoordenaar die zijn slachtoffers in stukjes hakte en dan verwerkte in een vleespastei die hij aan de naburige traiteur verkocht. Dat was bizar.

Nu is het ook al bizar als het heel erg warm is. Of als een tentamen verzet wordt. Om bizar toch weer een beetje kracht te geven, plak je er dus 'te' voor. Nog steeds heb je dan niet de oorspronkelijke betekenis van bizar. Maar het is bijvoorbeeld goed te gebruiken in een zin als deze: 'Hij heeft als hobby papier-maché'en. Te. Bizar.'

Precies dezelfde soort mensen die 'te bizar' zeggen, kunnen ook zeggen: 'Hoe bizar is dát.' De 'Hoe... dat'-constructie (zoals hij bij dezen heet) heeft de laatste vijf jaar een ongekende opmars gemaakt, wederom met alle mogelijke bijvoeglijke naamwoorden: 'Hoe vet is dát.' Let op, er wordt nauwelijks een vraagteken uitgesproken. Het is dan ook niet de bedoeling dat er iemand antwoordt, want iedereen weet precies hoe vet het is: 'Te vet.'

APART

'Apart' is al jaren het woord voor iets heel negatiefs dat niet zo genoemd mag worden. 'Wow, heb je een nieuwe jurk? Jaaaa… Apart.' Of: 'Ze is een heel aparte vrouw; ze is helemaal gek van keramiek en ze eet uitsluitend producten op sojabasis.'

'Apart' is alleen inmiddels zo overbekend als verhullend woord, dat het vaker ironisch dan serieus wordt gebruikt. In de meeste kringen kun je echt niet meer aan komen zetten met 'aparte jurk'. Dan weet je zeker dat je een lelijke jurk aanhebt. Als je op een feestje wordt geconfronteerd met een grote bak zoute pinda's en verder niets, kun je opmerken: 'Wat een aparte catering.' En als iemand op het werk een hysterische woedeaanval krijgt, een nietmachine door de ruimte smijt en daarna het pand in overspannen toestand verlaat, kan het heel geschikt zijn om vlak erna te zeggen: 'Apart.'

Toch is het woord 'apart' niet in ieder gezelschap zo eenduidig negatief. Er zijn mensen, uit de softe hoek dan, die rustig kunnen zeggen: 'Ik vond het wel heel apart hoe die zwijgretraîte bij me binnenkwam.'

HÉ, BEDANKT MAN

Mannen die ontroerd raken. Dat is ontroerend. Tenzij ze zichzelf expres zitten te ontroeren, dan is het weer tenenkrommend. Van die mannen die over zichzelf gaan zeggen: 'En als ik dan aan mezelf terugdenk… Zo'n klein mannetje met twee van die Friese doorlopertjes…

En maar schaatsen tegen die wind in... En moet je me nu eens zien.'

Mannen die per ongeluk ontroerd zijn, komen meestal een stuk minder goed uit hun woorden. Leo Beenhakker zei ooit in een toespraak tegen voormalig Feyenoordvoorzitter Jorien van den Herik: 'En als ik dan even persoonlijk spreek, dan zeg ik: verdómme, Jorien van den Herik, ik mis je.' Een lieve uitspraak. Ten eerste omdat het zo ongebruikelijk is om in een emotionele verklaring voor- en achternaam van de aangesprokene te noemen. Ten tweede vanwege dat 'verdomme'. Daar houden ontroerde mannen heel erg van, even een scheldwoord gebruiken, zodat het niet te soft wordt allemaal.

Ontroerde mannen zeggen ook graag het woord 'man'. Stel, je bent een man en je beste vriend heeft jouw herdershond van de verdrinkingsdood gered. Dan is het moment aangebroken om te zeggen: 'Hé, bedankt man.' En dan iets met een soort halve omhelzing. Waarna bier.

Soms, als mannen tranen in de ogen krijgen, dan gaan ze er een grapje van maken, en zeggen ze: 'Sterk spul hè, die Fisherman's Friend.' Of ze gaan zich verontschuldigen: 'Sorry, ik werd even emotioneel.' Terwijl niemand het erg vond.

Belangrijk

Bij nietszeggende mededelingen blijkt het woord 'belangrijk' duidelijk in trek. Dat komt natuurlijk doordat dat woord zelf niet zo veel zegt. Het is positief noch negatief. Je hoort het interviewers vaak doen, een saai gesprek zonder conclusies afronden met: 'Kortom, een belangrijke dag morgen!'

Wat ik niet vaak meer hoor (maar misschien verkeer ik in de verkeerde kringen), is 'lekker belangrijk'. Een jaar of tien geleden konden stuurse pubers hun mond niet opendoen of er klonk een cynisch 'lekker belangrijk'. Dus zo. Moeder: 'Voor ik het vergeet, we gaan zondag wél nog even langs bij oma.' Puber: 'Lekker belangrijk.' Of zo: Moeder: 'Ik heb zo ontzettend veel plezier in die cursus buikdansen, ik vind het echt fijn om eindelijk weer een soort hobby te hebben!' Puber: 'Lekker belangrijk.'

De enige manier waarop ik 'belangrijk' heden ten dage nog in cynische zin hoor, is zo: 'Iedereen liep daar natuurlijk heel belangrijk te doen.'

Belangrijk zijn is één ding. Dat mag over alles en iedereen gezegd worden. Maar belangrijk doen? Dat is dan weer een doodzonde. En dat zegt natuurlijk iets belangrijks over onze volksaard.

Toch beledigend

'Ik vind jou echt heel erg normaal. Gewoon een normaal iemand.'

Het zal wel raar klinken

Er zijn mensen – en laten we maar meteen vaststellen: dat zijn altijd meisjes – die hun vragen het liefste beginnen met: 'Het zal wel een domme vraag zijn, maar...' Vooral in de klas of tijdens college doen ze dit graag. Blijkbaar zijn ze er onzeker over of hun vraag niet allang behandeld was. Mensen die minder onzeker zijn denken eerder: als ik een vraag heb, betekent het dat het onderwerp nog niet goed genoeg uitgelegd is. Onder veel mensen bestaat de neiging om op 'het zal wel een domme vraag zijn' te antwoorden: 'Ongetwijfeld!' Maar dat helpt niet. Daar worden de 'domme vraag'-meisjes alleen maar onzekerder van.

Wat er een beetje op lijkt, maar toch heel anders is, is de uitspraak: 'Het zal wel raar klinken.' Die lijkt net zo onzeker als 'het zal wel een domme vraag zijn'. Maar in feite is het juist een heel handige manier om je zin te krijgen. Een vriendin van mij was net verhuisd, en haar nieuwe buurman kwam vragen of zij zijn planten water wilde geven als hij zelf met vakantie was. 'Nou,' zei de vriendin, 'het zal wel heel raar klinken, maar... nee. Ik weet dat het raar klinkt!' Het goede aan dat 'klinken' is dat het suggereert dat de onderliggende gedachte niet raar is. Die klinkt alleen maar raar. Tegelijkertijd spreekt er zelfkennis uit ('ik heb nu eenmaal mijn afwijkende kanten'). Ook wordt alle discussie meteen in de kiem gesmoord. Een mededeling die begint met 'het klinkt misschien raar', is meestal definitief. 'Het klinkt misschien heel raar, maar ik ga toch maar niet mee abseilen in de Alpen.'

Je kunt alles doen wat je wilt, als je maar erkent dat het wellicht raar klinkt. Dat biedt vrijheid.

Alle 'het zal wel een domme vraag zijn'-meisjes zouden zich langzaam moeten trainen in 'het zal wel raar klinken', en zo de wereld naar hun hand zetten.

EN LAAT ZE NIET VALLEN

Er bestaan officiële spreekwoorden, zoals 'Pas als het kalf verdronken is, dempt men de put.' Je hoort zulk soort spreekwoorden niet zo vaak meer, behalve als er een minder getalenteerd Tweede Kamerlid aan het woord is, die denkt dat het gebruik van spreekwoorden verrassend en creatief is.

Er zijn ook minder officiële spreekwoorden en uitdrukkingen, en die hoor je volgens mij ook minder dan vroeger. Onlangs schoot de volgende uitdrukking me ineens te binnen: 'De ballen, en laat ze niet vallen.' Wanneer heb ik die voor het laatst gehoord? Heeeel lang geleden.

Hetzelfde geldt voor de al even vrolijke en sympathieke uitdrukking 'alles kits achter de rits'. Je hoort het niet meer.

Ik herinner me hoe mijn oma zaliger kon walgen van het woord 'gulp'. Gulp vond zij een heel vies woord, ze kreeg het niet over haar lippen. 'Maar wat is er dan zo erg aan GULP?' riepen wij expres heel hard tegen haar, en dan keerde ze haar hoofd af en zei 'gatsie' en 'bah'.

Wel kwam mijn oma op een bepaald moment opgetogen op bezoek en meldde dat ze zo'n leuke nieuwe uitdrukking had gehoord. Dat was: alles kits achter de rits. Grappig, hè?

Ze was opgetogen dat er zo'n leuke rijmende groet bestond.

Wij vonden het leuk dat oma zo enthousiast kon worden over nieuwe dingen – want dat talent hebben lang niet alle bejaarden.

Out of office

Er was een tijd dat je iemand een brief stuurde, dan een half jaar geen antwoord kreeg, om er uiteindelijk achter te komen dat diegene geëmigreerd was, of dood.

Tegenwoordig is het al verdacht als iemand na een dag nog niet heeft geantwoord op je e-mail. Daarom zetten veel mensen de Out of Office AutoReply aan, of het Automatisch Antwoord Bij Afwezigheid.

De autoreply is de meest anticlimactische e-mail die er is. Je schrijft iemand een mailtje, en bijna meteen krijg je iets terug. Eerste reactie: 'Ha! Iemand die snel terugschrijft! Fijn om dit meteen af te kunnen handelen!' Nee hoor. Afhandelen kan pas eind augustus weer.

Omdat je zelf mag beslissen wat de tekst van de autoreply is, kom je vaak veel over de persoon in kwestie te weten. 'Ik ben tot 30 juli héérlijk van mijn welverdiende vakantie aan het genieten.' Dit is iemand die een rotbaan heeft en leeft voor die paar weekjes dat hij wordt losgelaten in het echte leven. Ik zou het persoonlijk gevaarlijk vinden om al van tevoren op te schrijven dat je aan het genieten bent. Dat is toch de goden verzoeken. Bij elke weggewaaide tent, lekke band en oplichterige Italiaan denk je dan onwillekeurig: Jaja, wat zit ik toch weer heerlijk te genieten.

Er zijn ook mensen die zó goed snappen hoe ze de autoreply aan moeten zetten, dat ze het ook al voor het weekend doen. Dit zijn mensen die lijden aan het onmisbaarheidssyndroom.

Laatst kreeg ik van een vriend een autoreply, en meteen daarna een echt mailtje, waarin hij schreef: 'Ik ben stiekem toch al terug! Maar ik wilde nog niet alles over me heen krijgen!'

Sindsdien vraag ik me bij deze vriend af of hij überhaupt wel ooit echt weg is.

Vervloekt

'Vloeken is onnodig!' staat er op posters op het station. Die zijn van de Bond tegen het Vloeken. Ik denk dan altijd: 'Deze poster is onnodig.' Want wat is onnodigheid eigenlijk? Welke taal is wél echt nodig? Alleen uitroepen als 'Help!' 'Vuur!' en 'Pas op!' lijken me echt nodig. Voor de rest is het toch maar een hoop onnodig gebabbel, gezeik, gekeuvel, geklaag en niet te vergeten veel onnodig gebid.

Ooit zag ik op tv hoe Youp van 't Hek geïnterviewd werd door studenten van de Vrije Universiteit. Een jongen die uit al zijn poriën 'CHRISTEN' wasemde vroeg Youp of hij wat minder krachttermen zou willen gebruiken. Youp reageerde eigenlijk wel charmant, zei dat hij erop zou letten maar dat het hem nooit lukt. Dat is slimmer dan er een hele strijd van te maken.

Omdat ik een kind was in de jaren tachtig, in een ongelovige omgeving, mocht schelden gewoon. Dat was in feite juist goed, want we gingen er godverdomme met z'n allen voor zorgen dat de zeehondjes gered zouden worden. Iedereen die ik ook maar enigszins vervelend vond, noemde ik een kutwijf, en dat was redelijk geaccepteerd. Mijn moeder zei nog wel eens 'nou nou', maar dat was meer voor de vorm.

Je had wel juffen die zeiden dat je in plaats van godverdomme 'pot vol blommen' moest zeggen. Dat vonden we licht absurd en niemand ging erin mee. De juffen in kwestie accepteerden dit gelaten.

Inmiddels zijn opvoeders lang zo modern niet meer. Ik hoor kinderen in ieder geval een stuk minder vaak 'God!Ver!Dom!Me!' roepen. Wel hoorde ik een beschaafd kind op straat vanuit de grond van haar hart 'sjips!' schelden. 'Sjips' is het 'pot vol blommen' van nu.

Het gekke aan dit soort 'beleefd schelden' is dat je aandacht er alleen maar meer op gevestigd wordt. Als iemand 'shit' wil zeggen, maar helemaal de moeite neemt om dat om te vormen tot 'sjips', dan hebben we hier te maken met echt schelden uit blinde woede. Achter 'sjips' voel ik een héél grote berg dampende shit.

Een tijd geleden bevond ik mij in een EO-gezelschap. In dit gezelschap was een persoon die, uit pure frustratie over een lift die niet kwam, uitriep: 'O, grutjes!' Dit was iemand van in de twintig. Dzjiezus, dacht ik. Maar ik zei het niet.

Onrecht

'Nou ik stap die tram uit, deurtjes dicht, en ik realiseer me dat ik niet heb uitgecheckt. Dus ik op het deurtje kloppen, van: ik moet nog uitchecken! Zit die vrouw in dat hokje zo héél langzaam met haar hoofd te schudden. Van "Nee, daar kunnen we niet aan beginnen."

Ze proberen me gewoon kapot te krijgen, met z'n allen.'

Mop

De mop. Ik houd er wel van. Ik heb het gevoel dat ze vroeger vaker tot me kwamen dan nu, waardoor ik nu met een soort nostalgie aan het moppenvertellen terugdenk.

Mijn eerste mop was Pudding en Gister. Ik snapte de mop nauwelijks, maar dat het woord 'poep' erin voorkwam was alvast hilarisch.

Daarna volgden vele andere moppen. Het probleem is alleen: die herinner ik me niet. Vaak weet ik nog wel wie een leuke mop vertelde. En dat ik er erg om moest lachen. Maar daar houdt het dan ook wel mee op.

De enige mop die ik me altijd kan herinneren, is die over de drie voordelen van de ziekte van Alzheimer. 1 – als je in de spiegel kijkt zie je altijd weer een nieuw gezicht. 2 – een oude mop is altijd weer leuk. En 3 – als je in de spiegel kijkt, zie je altijd weer een nieuw gezicht. Juist omdat deze mop over vergeten gaat, kan ik hem geloof ik onthouden.

Stukjes cabaret kan ik veel beter onthouden, ook als ze van anderen zijn. Hoe komt dit? Waarom is de mop zo moeilijk te onthouden? Ik vermoed het volgende: de mop wordt gebracht zonder enige context. Ineens steekt de mop de kop op, zonder dat het er verder toe doet waar je het over had in het gesprek. Dat maakt de mop ononthoudbaar. Een stukje cabaret zit daarentegen altijd ingebed in iets anders, een groter verhaal.

Een mop is een eilandje waar je niet gemakkelijk komt. Een grappig eilandje, dat wel.

HORECAHUMOR

Humor en horeca: een ongelukkige combinatie. Ik moest eens eten in een brasserie waarvan ik de naam niet zal noemen. Het was in deze brasserie onmogelijk om een gerecht te bestellen dat géén grappige naam had. Een mandje brood met kruidenboter heette 'rustgevend voorspel'. Een salade met gerookte kip heette 'Sonjaadegijok?' (dat is Brabants voor 'volg je ook het Sonja Bakkerdieet?'). De salade met garnalen heette: 'Gamboleraa... Gambaïoli'. Misschien ben ik een chagrijn, maar ik heb er moeite mee om tegen de serveerster te zeggen: 'Doet u mij maar de "Mèrege veul herrie van de kerrie", of nee, de "Doe toch Normandisch man".' Je wordt als klant gedwongen die namen komisch uit te spreken, het personeel moet er geforceerd om lachen, en uiteindelijk zit je met z'n allen in een vicieuze cirkel van 'humor'.

Zat de brasseriehouder in een delirium toen hij de menukaart opstelde? Of is het een geraffineerd marketingplan? Kun je voor een geitenkaassalade die 'Mèhèhè mèhèhè' heet, meer geld vragen? Zijn klanten minder kritisch op de smaak als iets een gekke naam heeft?

Wat het ook is, de brasserie waarvan ik de naam niet zal noemen is absoluut niet de enige. In elke middelgrote provincieplaats is inmiddels wel een etablissement waar humor de kaart beheerst.

Het liefste ben ik in een restaurant waar niets grappig bedoeld is. Als er dan onbedoeld tóch nog wat te lachen valt, is dat alleen maar mooi. Nog niet zo lang geleden bevond ik mij in een klein dorp bij het meer van Genève, waar een Thais restaurant was. Het restaurant heette Chez Porn. Nu schijnt 'Porn' een Thaise meisjesnaam te zijn, dus strikt genomen is er niets aan de hand, maar hoe vaak zou Porn dat moeten uitleggen?

Ik moet er niet aan denken hoe de Nederlandse brasseriehouder los zou gaan op de menukaart van Chez Porn. Gelukkig heeft Porn helemaal geen humor en is het gewoon groene curry wat de klok slaat.

Gebeuren

Er zijn woorden die ooit in waren, daana uit raakten, waarop het meteen zonneklaar was dat ze uit waren. 'Jottem' is zo'n woord. Dat was ooit (jaren zeventig?) in, daarna uit, en dat weet iedereen. Jottem valt alleen nog nostalgisch of ironisch te gebruiken.

Er zijn ook woorden die uit raken, maar op een onopvallende manier. Die woorden zijn er gewoon ineens niet meer; je mist ze niet, je bent er niet blij om, ze zijn gewoon weg.

Ik zag een documentaire uit de jaren tachtig waarin gewone mensen op straat werden geïnterviewd. En wat bleek? In bijna elke zin zeiden ze 'gebeuren', maar dan als zelfstandig naamwoord. Dus: 'Nou, dit is dus zo'n beetje het sauna-gebeuren.' En: 'Ik ben niet zo op de hoogte van het hele gebeuren hier.'

Door deze documentaire herinnerde ik me dat dat in de jaren tachtig inderdaad iets was wat volwassenen om de haverklap zeiden. Het maakte uitspraken interessanter. Niet gewoon zeggen: 'Dit is de sauna,' maar 'dit is het sauna-gebeuren.' Het betekent geloof ik dat je het niet alleen maar over de sauna hebt, maar ook over alles wat eromheen gebeurt – maar in feite voegt het weinig toe. Daarom gebruikten kinderen 'gebeuren' ook niet.

Juist toen ik 'gebeuren als zelfstandig naamwoord' had benoemd tot ongemerkt verdwenen woord, hoorde ik het op de radio. Oud-voetballer Ruud Krol is nu voetbalcoach in Zuid-Afrika en doet daar ook goede dingen voor kansarme kinderen, zoals 'life-skills' aanleren. En daar was het ineens: Krol had het over het belang van het voetbalgebeuren! Dat klonk weliswaar heel jarentachtig, maar het was er toch maar, luid en duidelijk.

Als je voetbalgebeuren googlet, dan kom je ook meteen duizenden voorbeelden tegen. En die zijn niet allemaal stokoud. Blijkbaar is 'gebeuren' helemaal niet stilletjes verdwenen. Of, en dat lijkt me leuker, stilletjes verdwenen en daarna weer even stilletjes teruggekomen.

Moment

Het is alweer een hele tijd geleden dat ik iemand heb horen zeggen: 'Één monumentje, alstublieft.' Ik weet niet of dat komt doordat dit grapje inmiddels te oubollig is geworden, of dat ik per ongeluk steeds net op de verkeerde plek ben. Hoe het ook zij, ik vind het altijd wel een gezellig grapje. Van een bediende in een onsuccesvolle kantoorboekhandel met een stofjas aan. Die het allemaal wel heel goed bedoelt.

Wat je wel vaak hoort is het woord 'moment'. Alles is een moment. Het fotomoment. 'Even een rustmomentje pakken.' Een genietmoment. Eigenlijk kun je overal een moment van maken. 'Ha lekker, een tapasmoment!' Om vervolgens drie uur lang tapas te gaan zitten grazen.

Een moment maakt alles flitsender en actiever. 'Hé jongens, even een controlemoment: heeft iedereen z'n paspoort bij zich? Oké, want anders redden we dat koffiemoment niet meer.' Koffiemoment, dat zeg ik zelf heel erg vaak, moet ik bekennen.

Als twee mensen elkaar leuk vinden krijg je op een gegeven moment (daar zijn we weer) het zoenmoment. En als daar niet op ingesprongen wordt, dan is het moment alweer voorbij.

Je zou kunnen zeggen dat het tijdperk waarin wij leven een van momenten is. (Anders dan, zie het vorige stukje, de tijd van 'gebeuren'.)

Ooit was er Derrick, die zo bloedeloos kon zeggen: 'Moment, bitte.' Bij hem was 'Moment' een pauze. Een niets tussen het een en het ander. Nu zijn momenten de dingen die we doen.

Dat is niet erg. Soms maken momenten dingen dragelijker. Toen ik studeerde was er een hoogleraar die op zijn deur had hangen: SPREEKUUR VAN 13U TOT 13U30. Daar had iemand, trillend van woede, onder geschreven: Spreekmoment!!! Want het was duidelijk dat deze hoogleraar niet een heel uur wilde luisteren naar wauwelende studenten.

Persoonlijk denk ik dat het vragenuurtje in de Tweede Kamer er ook aan gaat. Dat verkleinende 'uurtje' geeft al aan waar het heen gaat. Dat wordt het wekelijkse vragenmoment.

COMMANDOSNIK

Huilen omdat het goed uitkomt is altijd gênant. Het CDA dreigde uiteen te vallen, het was allemaal heel belangrijk, maar ik weet niet meer precies waarom. In ieder geval was er een congres waarop vele, vele christenen hun zegje mochten doen, onder wie Maxime Verhagen. En die liet, als op commando, een snikje vallen. Dat ziende dacht ik: zouden er nu mensen zijn die dat gewoon ontroerend vinden? Die zich niet plaatsvervangend kapot zitten te schamen? Waarschijnlijk wel, anders zou het strategisch huilen niet zo vaak ingezet worden. Toen Hillary Clinton een paar jaar geleden haar imago moest verzachten, kwam er direct een commandosnik aan te pas. Jammer dat je het zo snel kunt zien als zoiets geregisseerd is; want dan kom je juist veel uitgekookter over.

De politicus in kwestie heeft waarschijnlijk een soort Hollywoodmoment voor ogen. Hij/zij doet een snik, dan is iedereen stil. Er wordt ingezoomd op één persoon uit het publiek (type 'gewone man'), die om zich heen kijkt, en dan duidelijk het besluit neemt: 'Ik ga applaudisseren, ook al ben ik in mijn eentje.' Deze persoon begint met langzaam klappen, anderen stemmen aarzelend in, en daarna wordt het een groot pandemonium van gegil en gejoel. Zoiets moet de fantasie van de huilende politicus zijn, maar dat gebeurt toch eigenlijk nooit.

Het zou bij Verhagen natuurlijk ook een combinatie van spontaan en onspontaan kunnen zijn. Dat iemand tegen hem heeft gezegd: 'En áls je het te kwaad krijgt, Maxime, laat maar komen die tranen! Je weet nooit wat het oplevert!' Verhagen was natuurlijk doodmoe van de stress en van de kaakkramp die hij krijgt van zijn niets-aan-de-handglimlach. Hij zat waarschijnlijk al veel vaker stiekem op de wc even te huilen. Maar nu mocht het in het openbaar, graag zelfs. Hij voelde iets opkomen en heeft dat ten volste uitgebuit. Het heeft gewerkt, hij kreeg zijn zin.

De overdrachtelijke reis

'Wij werken natuurlijk samen al dertig jaar in het galeriewezen, dus je kunt wel stellen dat wij met z'n tweeën een hele reis hebben gemaakt.'

Wow-gevoel

Dit zei een van de deelneemsters van *Benelux' Next Top Model*: 'Ze zeggen dat je het anderen ook moet gunnen. Nou, mijn gunfactor is echt heel erg hoog.'

Zou het door het programma *X-factor* komen dat het woord 'factor' in populariteit gestegen is? Oorspronkelijk betekende factor 'datgene waarmee vermenigvuldigd wordt'. Maar het werd al snel breder ingezet, waarschijnlijk ook door de factoraanduiding bij zonnebrandcrème. En nu is het een wetenschappelijk klinkende manier om een eigenschap van iets te beschrijven. In plaats van 'de woonkamer was gezellig ingericht', kun je zeggen 'de woonkamer had best wel een hoge gezelligheidsfactor qua inrichting'. Niet zo kort, maar het lijkt wel alsof je er echt iets vanaf weet en de vakliteratuur (*VT Wonen*) bijhoudt.

Ook redelijk veel gehoord de laatste tijd: de wow-factor. En daar hoort onlosmakelijk bij: het wow-gevoel. Het wow-gevoel wordt beleefd door mensen die ook vaak worden overvallen door het buikgevoel (dat dan wel of niet 'goed' zit), en door het kippenvelmoment. 'Voor mij is het gewoon heel erg belangrijk dat het buikgevoel goed zit, en dat zat het dus, want ik ging echt zo van: "wow". Kippenvelmoment. Absoluut. Als het wow-gevoel er niet is, dan kan ik er gewoon niet voor gaan.'

Het wow-gevoel dringt zich natuurlijk op als iemand een trektocht door de outback van Australië maakt, en dan ineens een hele kudde kangoeroes ziet. Later kan daarover bericht worden in de groeps-e-mail: 'Toen had ik echt het wow-gevoel!'

Maar het wow-gevoel is niet alleen maar voor zulk soort cliché-kippenvelmomenten. In een interview over een nieuw ingerichte school las ik: 'Ik denk echt wel dat de mensen het wow-gevoel krijgen als ze hier binnenstappen.'

Het grappige van het wow-gevoel is dat het zo concreet lijkt. Het gaat meestal niet om 'een wow-gevoel'. Nee, het is hét wow-gevoel. Iets wat we in principe allemaal meteen herkennen, maar waar we helaas heel lang geen woord voor hadden. En nu wel. Kippenvelmoment.

Onvriendelijk vriendelijk

Door een vervelend akkefietje met een verkeerd visum bevond ik me opgesloten in een immigratiekantoor op het vliegveld van Los Angeles.

Alle mensen die daar werkten waren druk bezig de kruiswoordpuzzel met elkaar door te nemen, waardoor ik (en nog wat andere misdadigers) lang, heel lang moest wachten.

Uiteindelijk werd ik dan toch verhoord, wat allemaal ook verschrikkelijk lang duurde.

Ergens halverwege zei de agent die me ondervroeg: 'Wil je misschien wat drinken? Of eten?' Ik sloeg het af, want ik voelde dat dat nog meer tijd in beslag zou nemen. Maar ik dacht wel: hé, eindelijk wat menselijkheid. Het was tegen die tijd voor mijn gevoel midden in de nacht dus ik stond absoluut open voor een vriendelijk woord. Kort daarop zei de agent echter: 'Ja, ik vraag het, zodat je niet later kunt gaan klagen van *ze hebben me niets aangeboden en ik had zo'n dorst!'* Daarbij deed hij een klagerige vrouwenstem na.

Het rare van deze uitspraak was natuurlijk dat alle vriendelijkheid er direct mee teniet werd gedaan. Goed, er werd me water aangeboden, maar eigenlijk werd me vooral verteld wat een zeikerd ik vermoedelijk verder was.

Het schijnt dat de douaniers de laatste tijd heel veel kritiek krijgen dat ze zo onvriendelijk zijn. En van hogerhand wordt de vriendelijkheid dus opgelegd. Maar het probleem is: wie de vriendelijkheid niet voelt, kan zelfs van de meest vriendelijke mededeling iets heel onvriendelijks maken.

Amerikaanse hoogtepunten 1: Meh

Het woord dat ik het liefste uit Amerika zou willen importeren is 'meh'. Je spreekt het uit als 'mè', met een beetje een hoog stemmetje. 'Meh' gebruik je als iets je helemaal niet kan schelen. 'Wil je anders vanavond lekker bij de Thai eten?'

'Meh.'

'Meh' lijkt op ons 'mwa' (of hoe schrijf je dat eigenlijk), maar in 'mwa' zit nog een soort waardeoordeel. 'Hoe vond je de film?' 'Mwa.' Dan vind je de film niet zo goed; met andere woorden: je vindt iets. Bij 'meh' vind je helemaal niets. 'Meh' is het verbale equivalent van je schouders ophalen, een lege blik in de ogen. 'Vind je

de politieke situatie in Nederland ook zo fascinerend?'
'Meh.'

Waar 'meh' vandaan komt is niet helemaal duidelijk. Sommigen vermoeden een Jiddische oorsprong, anderen zien het helemaal als een product van The Simpsons, die 'meh' nogal vaak gebruikten.

Hoe het ook zij, ik denk niet dat we in het Nederlands een woord hebben dat 'meh' kan uitdrukken. Terwijl er genoeg is dat 'meh' voelt. Ergo: we zitten met een gat in de taalmarkt. En dat gat gaat 'meh' wat mij betreft, onvertaald, opvullen.

Amerikaanse hoogtepunten 2: Het Weerbericht

In Amerika zijn ze meesters in het opbouwen van suspense. Dat zie je vooral op tv. Zelfs het weerbericht wordt gebracht als een misdaadserie. 'Komen er morgen zware windstoten? Kunt u nog wel naar uw werk? We gaan het ontdekken om acht uur! Bij het weerbericht!'

Elk kwartier komen er updates: 'Wellicht komen er morgen zware windstoten. Vind het uit! Bij het weerbericht.' Tegen de tijd dat het weerbericht dan uitgezonden wordt, heb je bij wijze van spreken je deur al gebarricadeerd tegen die zware windstoten. En dan zegt de weerman: 'Er waren berichten dat er wellicht zware windstoten te verwachten waren, en dat het verkeer morgen plat zou komen te liggen. Het ziet ernaar uit dat die windstoten toch niet gaan komen. Dat betekent dat het gewoon rustig weer wordt!' Ook die laatste mededeling wordt nog gedaan alsof het een uiterst alarmerende ontdekking betreft.

Nu zou je kunnen zeggen: 'Oké, het viel blijkbaar mee, maar dat wisten ze eerder nog niet. Het is goed dat ze ons van het laatste nieuws op de hoogte hebben gehouden.' Maar dan wordt het half negen, en krijg je wéér de aankondiging: 'Er waren berichten over zware windstoten! Hoor er meer over om negen uur! Bij het weerbericht!'

En dan mag het barricaderen weer van voren af aan beginnen.

AMERIKAANSE HOOGTEPUNTEN 3: VLOEIEND

Wanneer spreek je een taal vloeiend? In Nederland betekent een taal vloeiend spreken geloof ik dat je vrijwel geen accent hebt, dat je droomt in die taal, en dat je alles meteen begrijpt.

In Amerika wordt met vloeiend iets heel anders bedoeld. Als je '*fluency*' hebt in een vreemde taal, dan betekent dat dat je jezelf min of meer begrijpelijk kunt maken. Dat mag met handen en voeten, je mag heel veel fouten maken, zolang je maar begrepen wordt. Dat is voor buitenlanders een prettige situatie, want je wordt al heel snel de hemel in geprezen. Amerikanen zijn ook niet te beroerd om te zeggen dat je '*perfect*' Engels spreekt. Ook als dat echt, echt, echt niet zo is.

Daarnaast zijn Amerikanen dol op accenten. Op het moment dat je net het gevoel hebt dat je echt heel erg Amerikaans uit de hoek aan het komen bent, kan je gesprekspartner je vertederd aankijken en verklaren: '*I think your accent is absolutely charming*!' Charming, dat is wat Amerikanen van accenten denken.

Niet van alle accenten, overigens. Een Mexicaans accent wordt niet zo heel erg charming gevonden, want dat riekt te veel naar 'immigrant' en 'economische malaise'. Het andere accent waar Amerikanen niet zo veel mee hebben is het Brits-Engels. Dat wordt gezien als arrogant, bekakt en uit de hoogte; Engelsen worden toch nog gezien als de kolonisator. Jamie Oliver, de knuffelkok, had in Amerika derhalve echt moeite om de gewone jongen uit te hangen.

Met een Nederlands accent zit je in Amerika echter goed, want Nederland doet er toch niet toe. Charming.

Amerikaanse hoogtepunten 4: Sprekende computer

In Amerika kunnen ze alles beter, dat is bekend. Neem de sprekende computer. In Nederland klinkt een sprekende computer meestal als een vrouw die net een snijdende hoofdpijn voelt opkomen. Daarnaast is ze ook half doof, waardoor je honderd keer moet roepen 'Amsterdam Centraal! Amsterdam Centraal!' (computer: 'Bedoelde u: Meppel?').

In Amerika is de sprekende computer een frisgewassen man die een geanimeerd gesprekje met je voert. Stel, je tassen zijn kwijtgeraakt tijdens een vliegreis. Dan bel je de luchtvaartmaatschappij op, en zegt hij: 'Ik ben een computer, en ik zal je zo goed mogelijk proberen te helpen.' Als hij je naam niet verstaat, omdat je bijvoorbeeld Cornelisse heet, dan zegt hij: '*No problem, let's try it this way – please spell your name for me.*' Alles op opgewekte toon, die gek genoeg toch niet irritant is.

Het beste aan de sprekende computer is dat hij ook 'hm' zegt. Dus: '*Hm. I can't seem to locate your luggage. Let me put you through to one of our bagage-service representatives.*' Degene die dat 'hm' in de computer geprogrammeerd heeft, moet een prijs krijgen.

Als je uiteindelijk een echt mens aan de telefoon krijgt, dan valt al meteen op: de Amerikaanse telefoonmedewerker gebruikt het woord 'ik'. Dat moet ik een Nederlandse instantie nog zien doen. Als je in Nederland een instantie aan de telefoon krijgt, dan is het 'wij vinden het heel vervelend dat dit gebeurd is' en 'wij kunnen daar geen verantwoordelijkheid voor nemen'. Ik ben wel eens kwaad geworden aan de telefoon, waarop degene aan de andere kant van de lijn zei: 'Maar ik bén niet het Singer Museum.' Nee, maar aangezien het museum zelf niet aan de telefoon kan komen, ben je als telefonist toch wel het eerste aanspreekpunt.

In Amerika is dat dus anders, want zelfs de laagste telefoonslaaf ziet zichzelf als representant van de organisatie. Als je tassen dus zijn kwijtgeraakt, put deze 'ik' zich uit in excuses, en komt ongevraagd met het volgende: '*I would like to make it up to you in some way.*' En dan krijg je een tegoedbon.

Onvertaalbaar

Nederlanders zeggen graag dat 'gezellig' een typisch Nederlands woord is. Dat het onvertaalbaar is, en dat trouwens ook het hele gevoel onvertaalbaar is. Grote onzin. Wat is er mis met 'cozy'? Is dat nu zo radicaal anders dan gezellig?

Het opmerkelijke is niet de onvertaalbaarheid, maar dat Nederlanders nu juist dit woord hebben uitgezocht om te benoemen tot 'onvertaalbaar'. Als een woord echt onvertaalbaar is, dan wordt het onvertaald overgenomen, zoals 'apartheid'. Maar daar hoor je Nederlanders dan weer niet over.

Zen

'Ja, leuk, maar ik heb nu heel erg haast want ik moet naar Mindfulness.'

Nouveau kak

Vroeger was bekakt praten heel anders dan nu. Toen zeiden kakmensen: 'Veur het plafôn hebben we een heel mooie kleur uitgezocht, het is een soort ivwaar.'

Ik herinner me de bekakte buren van een vriendinnetje, die om de haverklap hun kat in de tuin aan het roepen waren: 'Victeuria! Victeuria! Eten!' Ik zou al vele persoonlijke grenzen over moeten gaan om een kat Victoria te noemen, laat staan dat ik haar dan ook nog 'Victeuria' zou noemen.

Alles aan bekakt praten bevond zich achter in de

mond, de spreekwoordelijke hete aardappel. Als je een bekakt iemand wilt nadoen, doe je er goed aan de keelholte wijd open te zetten, de kin naar achter te brengen en met half geloken ogen de wereld in te kijken. Dan wordt alles wat je zegt vanzelf bekakt.

Het probleem is alleen: het bekakt praten is de laatste jaren radicaal veranderd. De aardappel zit niet meer in de keel, maar is gemigreerd naar voor in de mond. En eigenlijk is het ook geen aardappel meer. Het is meer alsof de mond in een permanente glimlach is getrokken, met behulp van twee wasknijpers op de wangen.

De keel doet eigenlijk helemaal niet meer mee. Je kunt het horen aan de jonge telgen van gegoede families, die zeggen bijvoorbeeld: 'Dat meeeeen je niet.'

Het favoriete woord van de nouveau kak is trouwens 'gééstig'. Een beetje langgerekt uitgesproken, en voor in de mond. 'O wat geeeestig.' Dat klinkt veel bedachtzamer dan het woord 'grappig', alsof je er niet echt plezier in hoeft te hebben, maar wel van een afstandje kunt bekijken of het in principe een humoristische situatie is.

Want die afstand tot het gewone volk, die is natuurlijk gewoon hetzelfde gebleven als vroeger.

Duur

In een interview met een museumdirecteur over een belangrijk schilderij werd hem gevraagd: 'Wat is trouwens de waarde van het schilderij?' De directeur antwoordde geroutineerd: 'Wij doen nooit uitspraken over hoe veel kunstwerken kosten...' De interviewster onderbrak hem: 'O, ik had het niet over geld hoor. Ik had het over de waarde.'

De museumdirecteur was helemaal van zijn à propos. Normaal gesproken is híj natuurlijk degene die het banaal vindt om kunst gelijk te stellen aan geldbedragen. Hij stamelde iets over 'journalisten vragen doorgaans naar de geldwaarde', maar toen was het kwaad al geschied. Hij probeerde het nog recht te trekken door te zeggen dat 'dit schilderij natuurlijk van onschatbare waarde' was. Maar 'onschatbaar', dat is zo'n woord dat ook meteen aan geld doet denken.

De interviewster lachte in haar vuistje. Want het was duidelijk: als de directeur haar wél een geldbedrag had genoemd, was ze er natuurlijk niet doorheen gekomen met de mededeling dat ze met 'waarde' iets anders bedoelde.

Een handig woord, waarde. Het is vrij vaag, dus als je het gebruikt, hoef je zelf niet te zeggen wat je er precies mee bedoelt. De toehoorder daarentegen moet in zijn antwoord wél kleur bekennen.

Mysterie

Er was een man die een lange monoloog tegen me hield over het mysterie van financiën. Ik vond dat wel poëtisch. Na een tijdje realiseerde ik me dat hij het over het ministerie van Financiën had.

Es sutsj

Dit hoorde ik: 'Ik vind skiën *as such* niet zo vervelend, alleen die hele sfeer eromheen...' 'As such' was niet meer herkenbaar als Engelse uitdrukking, het was meer 'es sutsj' geworden.

Deze persoon had natuurlijk ook gewoon 'op zich' kunnen zeggen. Maar 'op zich' wordt in het Nederlands de laatste jaren zo fenomenaal vaak gebruikt, dat de uitdrukking totaal wegvalt. 'Mijn werk is op zich heel leuk. Want we zijn op zich nu bezig met allemaal nieuwe projecten. En op zich gaat dat heel goed.' Als je het opgeschreven ziet staan, lijkt het alsof deze persoon helemaal geen leuk werk heeft – met 'op zich' wordt er nog een poging gedaan er iets positiefs uit te slepen. Toch is dat, in gesproken versie, niet aan de hand. Dit is iemand die echt enthousiast is over zijn werk, maar als gewoonte heeft om overal 'op zich' tussen te plakken. Als een neutraal opvulsel.

Daarom voelen mensen waarschijnlijk de behoefte om, als ze 'op zich' wél in de oorspronkelijke betekenis willen gebruiken, dan maar 'es sutsj' te zeggen. Of in de iets deftiger versie: 'an sich'. 'Het Concertgebouw heeft an sich een mooie akoestiek, maar mijn hemel wat hebben ze met de aankleding gedaan?'

Uit deze zin blijkt dat ook 'an sich' vaak net zo goed weggelaten zou kunnen worden. Waarom dan toch die behoefte om het te hebben over dingen es sutsj?

Waarschijnlijk proberen 'es sutsj'/'an sich'-zeggers zich een beetje in te dekken. Als je zou zeggen: 'Het Concertgebouw heeft een mooie akoestiek,' dan zou daar meteen tegen ingebracht kunnen worden: 'Helemaal niet, die akoestiek is zwaar overschat.' Als je er 'an sich' bij zegt, dan kun je nog alle kanten op. Wanneer iemand dan je stelling onderuit probeert te halen, kun je er makkelijk van maken: 'Ja, nee, maar dat komt doordat de gordijnen eigenlijk te veel dempen.' En dan kun je het zogenaamd toch nog met elkaar eens zijn.

Want alle ruzies en oorlogen ten spijt, de meeste mensen houden van harmonie. Wij zijn apen die elkaar niet meer vlooien, maar die lekker tegen elkaar aan kletsen.

Tsunami

Na de aardbeving in Japan hoorde ik op de radio: 'En nu komt er ook nog een tsunami aan.'

Mijn eerste gedachte was: Maar een tsunami van wát dan? O ja, van water natuurlijk.

Deze vreemde reactie is in eerste instantie de schuld van Geert Wilders, die het had over een tsunami van islamisering. Na Geert werd het een trend om alles een tsunami te noemen, als het maar groot, onbeheersbaar en onomkeerbaar voelde. Ik heb wel eens iemand op televisie horen vertellen over een ervaring waarbij ze overspoeld werd door 'een tsunami van gevoelons'.

Ik dacht dat het, na de recente tsunami, even zou duren voordat het woord weer in overdrachtelijke zin zou worden gebruikt. Maar na een dag hoorde ik alweer een gesprek op de radio waarin een veehouder vertelde hoe het was toen hij zijn dieren moest laten afmaken. 'Je voelt de grond als een tsunami onder je voeten wegzakken.'

Blijkbaar is 'tsunami' ook bruikbaar als er niet eens een beeld van een vloedgolf opgeroepen wordt.

De vraag is waarom tsunami het zo goed doet als leenwoord in het Nederlands. Een vergelijkbaar natuurfenomeen dat we hier ook niet kennen, een tyfoon bijvoorbeeld, komt nooit terug in onze beeldspraak. 'Mijn vrouw weg, mijn huis kwijt, geen baan meer: het was echt een soort tyfoon. In één keer alles kwijt.'

Tsunami doet het beter, en ik denk dat dat vooral komt doordat Nederlanders de angst voor water goed begrijpen. Wij kennen overstromingen, wij hebben de Polygoonbeelden van 1953 op ons netvlies staan. Ik denk dat het woord tsunami nooit zo snel omarmd zou worden in de woestijn.

En dan is er ook nog het punt van de klank. Een tsunami is verschrikkelijk, maar het woord zelf klinkt goed. Schattig bijna.

Hoe het ook zij, na de tsunami van 2004 was het alsof we collectief hadden zitten snakken naar een woord dat 'vloedgolf' naar een dramatischer niveau zou tillen – zo snel werd het gemeengoed. Het woord overspoelde ons eigenlijk. Als een, juist ja.

Klemtoon

In de eerste dagen na de ramp in Japan hoorde je over de kernreactoren in Fukushíma. Een paar dagen later was het Fukúshima geworden.

Aha, denk je. De nieuwslezer heeft ontdekt waar de Japanse klemtoon ligt, en dat doet hij nu na. Maar het zit wat ingewikkelder.

Japanners vinden namelijk dat ze zonder klemtonen spreken. Dat kunnen wij ons niet voorstellen, want klemtonen komen bij ons vanzelf. Maar Japanners zeggen alle lettergrepen even luid. Bij een woord als 'Suzuki' kun je niet horen waar de klemtoon ligt.

Wel rekken Japanners sommige klinkers uit. Het is bijvoorbeeld Oooosaka. En niet Osáka.

Wat is er dan aan de hand met Fukúshima? Welnu. Met de lettergreep 'shi' is dan weer iets geks aan de hand, want die valt vaak een beetje weg. Als iets eindigt op 'shima' ('eiland'), klinkt dat eerder als 'shma'. Vandaar dat het raar zou zijn om juist op de 'shi' een valse klemtoon te leggen.

Het maakt natuurlijk helemaal niet uit of een Nederlandse nieuwslezer Fukushíma zegt of Fukúshima. We weten allemaal waarover het gaat. De Japanners vinden het vermoedelijk ook niet erg als een Nederlandse nieuwslezer een valse klemtoon legt.

Ik vind het in het Nederlands in ieder geval altijd bijzonder charmant als je een Fries de klemtonen fout (Nee, anders! Niet fout!) hoort leggen. 'Ik houd ze niet úít elkaar,' zegt een Fries bijvoorbeeld. Leuk.

Maar ja: als je eenmaal weet hoe het zit, dan is het bijna ondoenlijk om het expres fout te doen. Ik studeerde ooit een tijdje in Hiroshima. Volgens het Fukúshima-principe is het ook eerder Hiróshima dan Hiroshíma. Dus moet ik nu Hiróshima zeggen en daar kom ik nooit meer van af.

Hetzelfde heb ik met wasabi. Die dreun op 'sa' is in ieder geval fout. Een lichte nadruk op 'wa' komt dichter in de buurt. Dus moet ik van mezelf wásabi zeggen, terwijl: wat doet het ertoe? Degene tegen wie ik praat heeft alleen maar het gevoel dat ik iets probeer te onderwijzen over klemtoongebruik in het Japans.

Negatieve vraag

Er is iets in het Nederlands wat ik mijn hele leven al moeilijk vind. Het heeft te maken met het beantwoorden van een negatieve vraag, een vraag dus waar een ontkenning in zit. Bijvoorbeeld, iemand vraagt je: 'Wil je geen taart?' Het geval wil dat je inderdaad geen taart wilt. Moet je dan ja of nee antwoorden? Mijn intuïtie zegt 'ja'. Omdat, ja, je wilt inderdaad geen taart. Maar in het Nederlands hoor je te zeggen: 'nee'. Je herhaalt de ontkenning die in de vraag zat, en blijkbaar levert dat in het Nederlands niet de rekensom min maal min is plus op.

Maar dat gaat dus in tegen mijn gevoel, want ik vind het niet logisch.

In het Japans hoor je een negatieve vraag wel op een logische manier te beantwoorden. Als iemand je vraagt of je géén sushi wilt, en je zegt 'ja' (of 'hai', in dit geval), dan krijg je inderdaad geen sushi. Zeg je 'iè', 'nee' dus, dan krijg je wel sushi.

Heerlijk.

Knellende familiebanden

- Ik kende tijdens mijn studie een jongen die 'Narinder' heette. Dat was omdat zijn ouders hippies waren.
- Narinder?
- Dat is een Indiase naam, vandaar. Maar die jongen was hoogblond en studeerde bedrijfskunde.
- Tjezus.
- En hij zei zijn naam altijd zo'n beetje verontschuldigend.

- Ja, natuurlijk.
- Jaren later kwam ik hem nog een keer tegen, en toen heette hij ineens Willem-Jan.
- Gadver! Dan mag je zelf een naam verzinnen, en dan noem je jezelf Willem-Jan.
- Nou ja, het paste op zich verder wel bij hem.
- Maar zou hij dan in zijn hoofd ook 'Willem-Jan' heten? Of zou hij zichzelf in gedachten nog steeds toespreken als Narinder?
- Ik weet niet. Maar het stomme was wel, dat hij dat 'Willem-Jan' dan óók weer zo half-verontschuldigend zei. Alsof het ook weer not done was dat hij zijn naam veranderd had.

Hè jongens

Ferry Mingelen is voor ons op aarde gekomen om al het politieke jargon te vertalen in 'gewone mensentaal'. Het liefst doet hij dat met behulp van het woord 'jongens'. Bijvoorbeeld zo: 'Dus dan is de boodschap toch van, jongens, denk niet te licht over zo'n enorm tekort!'

Als het ingewikkeld wordt, kan 'jongens' een hoop goedmaken. 'En de regering dreigt dan een beetje terug van jongens, hoho.'

'Jongens' klinkt alleen wel meteen erg padvinderijachtig. 'Jongens, even met z'n allen, hup! Nu niet zo flauw doen.'

Ferry Mingelen is op aarde gekomen als onze hopman.

In dit land

Het is een trendje: om gevoelens van vage dreiging te verwoorden met een verontwaardigd 'in dit land' of 'in Nederland'. Luister naar een debat in de Tweede Kamer, en binnen een kwartier heeft iemand gezegd: 'Het kan in dit land toch niet zo zijn dat we de hogere inkomens belonen over de ruggen van de minima?' Of 'Goddank zijn we in dit land bereid om na te denken over een toekomst zonder fossiele brandstoffen.'

In beide voorbeelden zou je 'in dit land' ook goed weg kunnen laten. Maar 'in dit land' geeft iets extra urgents aan de zin. Alsof we vooral dankbaar moeten zijn dat we hier wonen, waar het allemaal nog relatief goed gaat. Terwijl alle doemscenario's in het buitenland allang realiteit zijn.

Het is ook chauvinistisch. Als je zegt: 'We moeten hier in Nederland natuurlijk niet streven naar een samenleving waar iedereen maar doet waar hij zin in heeft', dan suggereer je dat andere landen daar wel naar moeten streven, of in ieder geval: dat dat niet erg zou zijn.

Snijvlak

Subsidies in de kunsten verdwijnen. Dat is erg. En op het gevaar af dat ik er te snel een positieve kant aan wil zien: we zullen uiteindelijk ook een afname meemaken in de subsidie-aanvragen. Aan subsidie-aanvragen kleeft een apart soort taal, en met 'apart' bedoel ik 'lelijk'. Zelf ben ik er slecht in (nee, inderdaad, nog nooit subsidie gekregen)(en wel geprobeerd).

Waarom heb ik er zo'n hekel aan? Welnu. Stel, je bedenkt als kunstenaar iets leuks. Dat wil je gaan maken, omdat je er vanuit je artistieke hartje behoefte toe voelt. Je hebt geld nodig, en dus schrijf je een subsidieaanvraag. Nu moet dat leuke idee ineens omgezet worden in iets met diepere lagen en relevantie, want anders krijg je dat geld nooit. 'Gewoon leuk' is in Nederland geen reden voor kunst.

Wie een goede subsidie-aanvraag wil schrijven, moet zich dus van subsidietaal bedienen.

Dat betekent dat termen als 'artistieke visie' moeten vallen. En 'kwetsbaar aanbod', of 'toevoeging op het reguliere aanbod'. Een project moet dynamisch zijn (of dynamiek hebben) iets toevoegen aan de maatschappelijke discussie, 'juist nú actueel' zijn. Als het project in kwestie iets met een 'melting pot' te maken heeft, is het helemaal mooi. De kunstuiting moet tot denken aanzetten, vragen stellen, onderzoeken, en het is de bedoeling dat deze termen vervat worden in een zin waarin het woord 'hoeverre' voorkomt. Bijvoorbeeld: 'Het project "rimpels in het oppervlak" wil onderzoeken in hoeverre (vaak kwetsbare) senioren zich participant voelen in een steeds veranderende samenleving, en stelt vragen bij (levert commentaar op) het sociale landschap.'

Als het voor de lol is, is het eigenlijk wel leuk om te doen. Maar moet je het voor het echie doen, dan word je binnen een kwartier depressief.

Het ergste woord in de subsidietaal is overigens het woord 'snijvlak'. 'Het project "Buur(t)" is een dialoog op het snijvlak van fotografie en performance.' Ik verzin dit zelf, maar ik acht het goed mogelijk dat deze tekst wel eens ergens verschenen is.

Snijvlak straalt uit: vlees noch vis. Snijvlak is het resultaat van duizend compromissen die gesloten zijn opdat niemand echt tegen kan zijn – maar ook niet echt voor. Snijvlak is het omgekeerde van 'gewoon leuk'.

Spontane radiogesprekjes

Ik luister veel naar Radio 1. De gemiddelde leeftijd van de luisteraars van deze zender is geloof ik drieënnegentig, maar toch (of misschien juist daarom) doet de zender verwoede pogingen om jonger over te komen.

Vooral fascinerend vind ik pseudospontane 'gesprekjes' die de presentatoren met elkaar voeren. Stel, een programma is bijna afgelopen, en een ander programma staat op het punt om te beginnen. Dan schakelt presentator 1 alvast over naar presentator 2 om een onzinnig gesprekje te voeren en daarmee dynamiek uit te stralen.

Dat gaat zo:

'En zo direct *Radio 1 in het land*, Piet, ben je er klaar voor?'

'Nou en of Jan! Haha!'

'Waar staat je bus vandaag? Goeiemorgen trouwens!'

'Ja goeiemorgen, nou, ik sta hier zowat ín de Oostvaardersplassen, blij dat ik mijn laarzen aanheb, haha.'

'Haha. Nou, dat zo direct, nu eerst het journaal.'

Ik stel mij graag voor dat er een training bestaat voor dit soort gesprekjes. Waarin een cursusleider uiteenzet dat het belangrijk is om éérst het gesprek te beginnen, en daarna pas, in zin twee, te zeggen: 'Goeiemorgen trouwens!' Dat 'trouwens' komt spontaan over. Zo van: we zijn meteen in zó'n interessant en leuk gesprek verwikkeld geraakt, dat ik je helemaal vergeet te groeten!

Het 'haha' is ook bedoeld om de spontaniteit te bevorderen. En misschien ís het ook wel enigszins spontaan. Dat de presentatoren het echt heel erg leuk vinden om naar elkaar over te schakelen. Toch vind ik het als luisteraar leuker om me voor te stellen dat die gesprekjes tot in detail gescript zijn.

'Nou, zorg maar dat je niet wegzakt in de modder, Piet. Ha-ha.'

'Ha-ha. Ik heb gelukkig alle twee mijn zwemdiploma's. Ha-ha.'

'Ha-ha.'

Brevet

Marianne Thieme van de Partij voor de Dieren mocht een keertje niet meedoen aan een televisiedebat. Dat lijkt mij heerlijk, als je ineens niet mee hoeft te doen zonder dat je daar zelf de schuld van kunt krijgen, maar daarom zit ik waarschijnlijk niet in de politiek.

Thieme was boos, en zei: 'De NOS heeft zichzelf een brevet van onvermogen gegeven door te stellen dat ze niet in staat is een hanteerbaar en uitzendbaar debat te organiseren met tien deelnemers.'

Nou goed. Dat zal allemaal wel. Het gaat me nu even om het brevet van onvermogen. Ik hoor die uitdrukking heel erg vaak. De klagende mens mag zich er graag van bedienen.

Maar wat betekent het? Letterlijk: een diploma van iets-niet-kunnen. Hoe kan het dan dat een persoon of een instantie zichzelf dit diploma uitreikt? Dat is toch nooit met diploma's? 'U krijgt van mij een brevet van onvermogen uitgereikt,' dat had wel gekund, ook al suggereert dat dat Thieme blijkbaar zelf de expert is op het gebied van onvermogen (analogie: zwemleraar kan goed zwemmen en reikt C-brevet uit aan leerlingen).

Wat je ook vaak hoort is: 'Het kabinet geeft een brevet van onvermogen af.' Dat slaat nergens op, want wie krijgt het brevet dan? Of wordt er eigenlijk gewoon bedoeld: Het kabinet geeft een bewijs van onvermogen af?

Het wordt ook zo gebruikt: 'De noord-zuidlijn is een brevet van onvermogen.' Dit begint te lijken op hermetische poëzie.

Maar los van de vraag of de uitdrukking wel of niet klopt: het is zo humorloos. Iemand die volledig in zijn recht denkt te staan, waar geen sprankje zelfrelativering meer in zit, die zich al decennia genaaid voelt door de hele wereld, die gaat het hebben over een brevet van onvermogen.

Zou er ooit wel eens iemand zichzelf een brevet van onvermogen hebben gegeven? 'Met mijn beleid in de provincie Noord-Brabant heb ik mezelf echt een brevet van onvermogen gegeven. Ik walg van mezelf.' Dat zou ik dan wel weer sterk vinden.

Gezelschap

'Mijn ijskast maakt af en toe ineens klaaglijke geluiden en dan vraag ik me af wat er met hem is. Maar ja, je kunt het hem niet vragen en dat maakt het des te zieliger.'

Marcel

Er bestaan verschillende situaties waarin je als mens niet bij je naam genoemd wordt. Ik herinner me dat ik als kind op een partijtje was, alwaar ik zo werd aangesproken: 'Hee, dingetje, hoe heet je, jij, met die bril, hallo, dingetje.'

Op de een of andere manier voelde ik me niet echt welkom. Ik was dingetje.

Het is een naar gevoel als je zo weinig indruk hebt gemaakt dat iemand je naam niet weet, en dat blijkbaar ook niet erg of gênant vindt.

Er is nóg een situatie waarin mensen je naam niet noemen, en dat is als je juist veel te veel indruk hebt gemaakt. Als mensen bang voor je zijn. Denk aan Voldemort (you-know-who in de Harry Potterboeken). En in sommige religies vinden de mensen het ook veiliger om God niet bij zijn naam te noemen. Wie ook bij dit rijtje hoorde, was Moammar Gaddafi.

Een jaar voor de revolutie was ik te gast op de Nederlandse ambassade in Libië. Van tevoren kreeg ik een e-mail waarin mij werd aangeraden niet met de plaatselijke bevolking te praten over Gaddafi, en ook liever zijn naam niet te noemen. In verband met spionage. Op de ambassade hadden ze zichzelf aangeleerd om Gaddafi aan te duiden als 'de grote leider'. Dat deden ze een beetje *tongue in cheek*, maar zo'n beetje half. Ik zei dus ook maar 'de grote leider'. Al kon ik me niet voorstellen dat ik op het Groene Plein achtervolgd zou worden door een spion die niets zou verstaan van wat ik zei, behalve 'Gaddafi', en dat die me op grond daarvan in de boeien zou slaan.

Op de Franse ambassade noemden ze Gaddafi trouwens voor het gemak 'Marcel'. Dat vond ik een dappere poging om een dictator terug te brengen tot humoristische proporties.

Of je nu te veel of juist te weinig indruk hebt gemaakt: je moet je zorgen gaan maken als mensen je niet meer bij je naam noemen.

Bezetting

In Amsterdam staan de stoepen weken voor Koninginnedag al vol. Met plakband of met krijt, overal zie je het woord 'bezet'. Dat is geen neutrale mededeling, want de plek in kwestie is natuurlijk nog niet letterlijk bezet. Het is meer een soort verordening, maar dan vanuit de burgers zelf. Omdat er geen bordje bij staat met iets cryptisch over ART. 461 WETB. V. STRAFR. hoeft niemand zich eraan te houden. Toch hoor je niet vaak dat iemand een plek bezet heeft verklaard, en dat daar doodleuk iemand anders is gaan staan. Bezet is bezet.

Toch zijn er ook mensen die dat 'bezet' wat agressief, wat ''40-'45' vinden klinken. Zeker zo vlak voor 4 mei heeft die hele 'bezet is bezet'-mentaliteit iets fouts. In de keurige wijk Amsterdam-Zuid zag ik keurige kleurenprintjes met een foto van een keurige familie. Die printjes waren geplakt op het muurtje voor een huis. Boven de foto stond in een vrolijk lettertype: HIER VIEREN WIJ KONINGINNEDAG! Alsof Koninginnedag in Amsterdam-Zuid een feest is, in plaats van een territoriumstrijd, met als inzet de oude kruimeldief van oma en de collectie Snoecksen van oom Gerard. Handel in bezettingstijd. Je moet er wat van maken.

Oké, nu is het oorlog

De meeste mensen die de Tweede Wereldoorlog bewust hebben meegemaakt, zijn inmiddels dood of hoogbejaard. Daarom wordt het woord 'oorlog' steeds vaker ingezet voor situaties die strikt genomen niet echt oorlog-achtig zijn.

De supermarktoorlog bijvoorbeeld. Natuurlijk, als je een blik partyknakworstjes voor twee cent minder op de kop hebt getikt, levert dat een intens gevoel van overwinning op. Maar oorlog? Nee.

Ook in alledaagse ruzies komt het woord 'oorlog' voor. En dan vooral zo: 'Dus hij zei, van, nee, ik móét dat verslag van die vergadering echt vandáág hebben. Dus ik werk me helemaal het lazarus, lever het om vier uur in, is meneer lekker naar het strand gegaan omdat er zogenaamd toch niks meer te doen was. Nou, dan heb ik zoiets van, oké, nu is het oorlog.' Dit moet gezegd worden met een verbeten gelaatsuitdrukking. De toehoorders mogen zelf bedenken hoe die oorlog verder gevoerd gaat worden. Lijm op de bureaustoel? Geheime rapporten 'per ongeluk' naar de concurrent gefaxt? Wie mot zoekt, kan vele wegen bewandelen.

Overigens is het lang niet altijd zo dat degene die 'nu is het oorlog' zegt, ook daadwerkelijk de strijd aangaat. Sterker nog, meestal is het juist de underdog die de oorlog verklaart, vaak aan het alfamannetje in de groep. Maar dat doet hij zonder dat het alfamannetje erbij is. Dan klinkt het nog heldhaftig, maar zodra het bewuste alfamannetje weer ten tonele verschijnt, besluit de underdog om nu nog geen ruzie te gaan zoeken, maar 'eerst maar even koffie te zetten'. Onderwijl vuile blikken werpend. Het alfamannetje is zich nergens van bewust. Hij was al een winnaar en blijft dat.

En hier is een waarheid over intermenselijke relaties, de maatschappij, en vooruit, ook het hele leven: Winnaars hoeven nooit de oorlog te verklaren, want ze hebben vrede met de status quo.

Niet alleen oorlog in het algemeen, ook de Tweede Wereldoorlog komt steeds vaker op een luchtige manier ter sprake. Er bestaat een wet, Godwin's Law (genoemd naar Mike Godwin, die hem in 1990 verzon), die zegt dat wanneer een discussie op internet maar lang genoeg doorgaat, de kans steeds groter wordt dat iemand de nazi's erbij haalt. Dat is logisch: als alles al gezegd is, en niemand heeft duidelijk gelijk gekregen, kun je altijd als winnaar uit de bus komen door de ander met de nazi's te vergelijken. 'Jaja, leuk voor je dat je geen vlees eet. Maar bedenk wel: Hitler was toevallig ook een vegetariër.' Dat is geen argument, maar omdat Hitler erbij is gehaald, is het gesprek wel zo'n beetje klaar. Want wie wil er nou met Hitler in een groepje zitten?

Ook in dagelijkse gesprekjes kun je de Tweede Wereldoorlog ongestraft inzetten. 'Nou ja! Hij wilde dat we onze fietsen ergens anders neerzetten, anders zou hij er misschíén tegenaan kunnen lopen! Dat vind ik zo nazi van hem!' Of, aardiger: 'Hee, doe even niet zo nazi, ik bepaal zelf wel even of ik yoghurt of melk in mijn cruesli wil.'

Tien jaar geleden was dit soort casual gebruik van een woord als 'nazi' nog volstrekt ondenkbaar, en zie nu: taalverandering die onder je neus plaatsvindt.

Oorlogje

'Ja, hij is best aardig. Maar ik zou niet bij hem onderduiken of zo.'

Primair en secundair

Sommige mensen zijn primair, andere mensen zijn secundair. Primair betekent dat je meteen reageert op wat er op je afkomt, secundair betekent dat je eerst even rustig nadenkt, waarna je met een weloverwogen reactie komt.

Zo klinkt het alsof secundair beter is, vanwege dat 'weloverwogen'. Toch hoor je vaker geklaag over secundaire mensen dan over primaire mensen. Specifieker: je hoort vrouwen vaak klagen dat óf zijzelf te secundair zijn, óf hun geliefde.

Als een vrouw zichzelf te secundair vindt, dan uit zich dat vooral op het werk. Er loopt daar bijvoorbeeld een of ander bitchy type rond die dingen zegt als: 'Hé, weet je wat ik heel erg zou waarderen? Als jij even alle notulen zou willen uittikken want ik heb het echt héél erg druk.' De secundaire vrouw ligt dan 's nachts woedend antwoorden te bedenken rondom het thema 'doe het even lekker zelf', maar daar is het dan te laat voor.

Voor secundaire mensen is een handigheidje bedacht: tijd winnen. Belt iemand op met een idee (bijvoorbeeld met z'n tienen in een huisje in de Ardennen gaan zitten), dan moet je dus zeggen: 'Ik zal er even over nadenken. Ik kom er later op terug.' En als dat echt te bot en onenthousiast klinkt, dan maak je ervan: 'Oooo! Wacht! Shit! De melk kookt over! Ikbeljelaterterugdag!'

Mannen kunnen ook secundair zijn, maar die klagen daar zelf niet over, dat doet hun vrouw namelijk al voor hen. Het is meestal het type man dat nergens een probleem in ziet. Als zijn vrouw dan ergens mee komt, is dat werkelijk voor het eerst dat dit probleem in zijn wereld verschijnt, en natuurlijk heeft hij dan geen antwoord klaar. De vrouw noemt dat dan secundair, want dat klinkt leuker dan 'een beetje duf'.

Lichaam en geest

'Nee, maar, wat het punt is: we hebben zeg maar een heel sterke zielsverbondenheid. Lichamelijk dan.'

Laf

Raad eens wie dit gezegd heeft? 'Turkije laat wat mij betreft hier haar ware gezicht weer zien, een ondemocratisch, bang en laf land, wat nooit lid moet worden van de Europese Unie.' Juist: Geert Wilders.

Wat vooral bleef hangen was het woord 'laf'. Ten eerste is dit een opmerkelijk woord om te gebruiken voor een land als geheel. Een land met laffe inwoners, allá (of hoe schrijf je dat eigenlijk? À la? Allah?), maar het land zelf dat laf is? Het roept toch een beeld op van Geert Wilders die door Istanbul loopt en zegt: 'Gadver. Wát een láffe brug zeg. En alweer zo'n laffe minaret. Bah.' 'Laf' geldt eigenlijk alleen voor mensen, soms voor daden, en verder voor een bak koffie of een waterig soepje in een jeugdherberg.

Daarnaast is het ongebruikelijk om 'laf' in combinatie met iets vrouwelijks ('haar ware gezicht') te horen. Raar is dat: 'Wat een laffe man' is een volstrekt normale zin, maar 'Wat een laffe vrouw' klinkt vreemd. Waarschijnlijk wordt hierin weerspiegeld dat alleen het geslacht dat sterk hoort te zijn, het in dapperheid kan laten afweten.

Bij lafheid hoort trouwens ook schaamte of schuldgevoel. Iemand die zich helemaal niet bewust is van zijn gebrek aan dapperheid, die fluitend wegloopt van zijn ondappere daad, die is niet laf. Bij laf hoort schichtig om je heen kijken.

Daarom zijn dieren ook vrijwel nooit laf. Eén keer slechts heb ik een laffe kat gezien. Die was een vette duif aan het besluipen en was zichtbaar blij over hoe stoer dit moest overkomen op eventuele toeschouwers. Maar hoe dichterbij hij kwam, hoe duidelijker het werd dat de duif eigenlijk even groot was als de kat. De sluipgang werd steeds langzamer, waarna de kat omkeerde en met de staart tussen de benen afdroop, onderwijl om zich heen kijkend. Waarschijnlijk met het schaamrood op de kaken, maar dat kon je niet zien omdat er een vachtje overheen zat.

Prima

Ik ken het woord 'prima' vooral in de betekenis van 'niet-prima'. Een conflictvermijdende vrouw die de lieve vrede probeert te bewaren en om de haverklap zegt: 'Nou, dat is dan toch prima zo?' Een man die wil doen alsof hij het type is dat nergens een probleem van maakt: 'Ze hebben me aan de kant gezet, nou, prima, kan ik me eindelijk helemaal storten op mijn eigen bedrijf! Ha! Ha!' Of een uitgebluste vader die zich op vakantie onderwerpt aan de plannen van vrouw en dochters: 'Het kan mij niet schelen, ik vind het allemaal prima.'

Prima is het woord van mensen die de strijd opgegeven hebben.

'Prima' kan ook gebruikt worden door mensen die geen zin hebben om te vertellen wat er aan de hand is. Als je aan iemand vraagt hoe het gaat, en diegene antwoordt 'ja, prima!', dan voel je al dat het eerlijke antwoord zou zijn: 'Prima! Ik wil dood!'

Enthousiasme

'Ik heb gewoon suuuuuperveel zin om me helemaal onder te dompelen in het Nieuw-Grieks, of een andere taal! Of zo!'

Ja, en?

De band Vampire Weekend is leuk. En ook de enige band in de geschiedenis van de mensheid, denk ik, die een lied over kommagebruik heeft gemaakt.

Het lied waar ik het over heb heet 'Oxford Comma', en begint met de zin: 'Who gives a fuck about an Oxford Comma.'

Het blijft enorm in je hoofd hangen, en mede daarom heb ik maar eens besloten uit te zoeken wat dat is, een Oxford comma.

Goed, komt ie. Onthoud dit en maak indruk op uw vrienden. Normaal gesproken is het niet de bedoeling dat je een komma gebruikt als de zin erna doorgaat met het woord 'en'. Je kunt bijvoorbeeld schrijven 'bloemen, planten en dieren'. Echter: 'bloemen, planten, en dieren' is officieel fout. Nu schrijf ik zelf heel vaak een komma én 'en', vooral omdat ik vind dat dat ritmisch beter klopt als je de zin in je hoofd voorleest. Toch krijg ik er vaak genoeg kritiek op.

En nu naar de Oxford comma. Dat is precies zo'n komma, namelijk eentje die voor het woord 'and' staat. Alleen aan de universiteit van Oxford wordt dit gebruik goed gerekend. In Engeland kun je de echte intellectuelen dus herkennen aan het feit dat ze een komma en 'en' juist wel bij elkaar zetten!

Ik weet nu dus wat ik moet zeggen als mensen mij verwijten dat ik te veel komma's gebruik; ik zal nuffig voor me uitkijken en zeggen: 'Het spijt me, maar ik ben nu eenmaal gewend aan de Oxfordkomma.' Kijken wie er dan nog wat te zeuren heeft.

Inconvenient

Er wordt wat afgepraat over het klimaat. Los van de vraag of het klimaat weer terugveranderd kan/zal worden, staat in ieder geval vast dat de taal zich onherroepelijk heeft aangepast.

Vroeger heette het klimaat nog 'het milieu'. En dat was een belangrijk onderwerp. Als spreekbeurten in de jaren tachtig niet over de zeehondjes of Ethiopië gingen, dan gingen ze over a) zure regen of b) het gat in de ozonlaag. De kinderen van vandaag moeten hem geloof ik allemaal doen over klimaatverandering, en meer specifiek: over een ijsbeer op een smeltende ijsschots.

Daarnaast zijn woorden als klimaatneutraal, CO_2-uitstoot, biobrandstof, hybride en groene stroom normale woorden geworden. Ook zoiets: spaarlamp. Vroeger een heel obscuur woord voor de allergrootste geitenwollo's, nu noodgedwongen voor gewone mensen.

Voordat het klimaat iets was wat aan verandering onderhevig was, was 'het weer' het lievelingsgespreksonderwerp van de Nederlander. Door de klimaatverandering is dit onderwerp helaas verpest. Het is onmogelijk om nog een beetje vrijblijvend over 'warm voor de tijd van het jaar' te praten. Of over 'te veel regen, mijn borders verzuipen erin'. Als je zoiets zegt, is er meteen iemand die zegt: 'Jaaa... klimaatverandering, hè.' Met een bezorgde blik naar de lucht. Dat gebeurt bij extreem koud weer, of bij extreem warm weer, en trouwens ook bij weer dat warm noch koud is, maar meer 'opmerkelijk gematigd'.

Een tijdje was de film *An Inconvenient Truth* (van Al Gore) zo populair dat hij gespreksstof was. Vroeg iemand zich hardop af of we een Elfstedentocht zouden krijgen, dan kon je twijfelachtig kijken en zeggen: 'Nou ja, een inconvenient truth, hè.' Het fijne aan deze term was dat je niet echt inhoudelijk iets zei, maar meer aangaf dat je wel eens aan het klimaat dacht.

Er vond direct ook meer creatieve taalvernieuwing plaats. Gehoord in een roddelgesprek over een vrouw: 'En altijd maar dat gezeur over die spaarlampen... Ik vind haar echt een inconvenient trut.'

Dikke vinger

Je hoort vaak dat eskimo's twintig, of zelfs honderd woorden voor sneeuw hebben. Dat is niet waar, het is een mythe waar heel veel mensen graag in geloven.

Wat echter wel waar is: als je iets veel tegenkomt in je omgeving, dan zul je er vaker over praten. Toegegeven: een open deur.

Maar die open deur verklaart misschien wel waarom onze taal in het huidige tijdsgewricht van obesitas werkelijk wordt overspoeld door woorden die iets met dikheid te maken hebben.

Wat te denken van 'dikke doei'? Dat wil zoveel zeggen als: 'Ja, doei, zoek het even lekker zelf uit, ik laat me niet voor je karretje spannen.'

Als er iets meer verontwaardiging in het spel is, kan 'dikke pik' of het wat nettere 'dikke vinger' ingezet worden. 'Zegt hij van, kun jij die kattenkots even opdweilen want ik moet nu weg. Dus ik zo van, dikke vinger, het is jouw kat.'

Al deze betekenissen van 'dik' drukken een laissez-faire houding ten opzichte van het leven uit. 'Dikke lul' kun je ook gebruiken, en als het je allemaal echt geen reet meer kan schelen, dan maak je er 'dikke lul, drie bier' van. Alleen 'maak je niet dik' is een vreemde eend – je zou eerder een geruststellend 'maak je niet dun' verwachten.

Een andere betekenis van 'dik' heeft met gezelligheid te maken. Denk aan 'dikke mik' ('Het is echt dikke mik tussen die twee.'). We kennen dit soort 'dik' al van 'dikke vrienden'. Tussen geliefden kan het 'dik aan' zijn. Dit gebruik van 'dik' heeft niets met laissez-faire te maken, maar roept eerder beelden op van een moddervette, verstikkende omhelzing.

Samengevat kunnen we concluderen dat we blijkens onze taal vinden dat 'dik' iets te maken heeft met relaxed zijn. En dat dik gezellig is.

Nergens zijn clichés zo hardnekkig als in de taal.

Liefde

'Want ik denk ook: weet je, als je er geen zin in hebt, van mij hóéf je niet mee, hoor! Ik vermaak me wel! Maar dan is het van: "Nee, ik ga wel mee", met veel gezucht en gesteun. En als ík dan een keer geen zin heb om mee te gaan naar zo'n feestje van een van die zogenaamde "vrienden" van hem, nou, dan is het ineens van "Maar ik ga ook altijd met jou mee!"'

Transponder

's Avonds laat fietste ik langs een sleutelmakerij, waar een bord aan de gevel hing dat mijn aandacht trok. Er stond zo'n rare tekst op dat ik dacht dat ik het sowieso zou onthouden, maar een luttele tien minuten later wist ik het al niet meer precies.

Het was iets als:

'Nieuw! Nieuw! Nieuw!

Autotransponderchipsleutel!

Veel goedkoper dan bij de dealer!'

Dit alles in grote letters. Het ging me om het woord autotransponderchipsleutel – als dat het woord tenminste was. Als ik het fout heb, is het in ieder geval een ander heel erg lang en onbegrijpelijk woord.

Wat is in vredesnaam autotransponderchipsleutel?

Ik heb er even op gegoogled, en het is waarschijnlijk een sleutel waarmee je van een afstandje je auto al kunt openmaken, wat heel nuttig is, omdat je namelijk niet twee seconden later ook zelf bij het portier staat.

Het andere fijne van de autotransponderchipsleutel is natuurlijk dat de auto dan bliep-bliep zegt. Dat is leuk, daar kan ik inkomen.

Maar het bevreemdende vind ik: die sleutelhandelaar waar ik langs fietste is niet gek, die kent zijn klanten. En dat betekent dat er dus mensen moeten zijn die langs dit bord lopen, en die denken:

'O, handig! Ik had juist een autotransponderchipsleutel nodig! Maar ja, dat is altijd zo duur. Of wacht! Hier staat: veel goedkoper dan bij de dealer! Ik ga naar binnen om te informeren.'

Deze mensen moeten bestaan. Maar waarom ken ik ze dan niet? Of ken ik ze wel, maar houden ze deze kant voor mij verborgen?

Slogans in crisistijd

Het kan paranoia zijn, maar ik heb het gevoel dat er vanuit de reclamewereld lustig wordt ingespeeld op de crisissfeer in de wereld. Mensen in crisis zijn bereid tot actie, dus kun je spullen verkopen als je mensen het gevoel geeft dat ze eindelijk het heft in eigen hand nemen. Crisis appelleert aan het 'ik laat me niet langer naaien'-gevoel.

Een voorbeeld: een tv-spotje voor een of ander huidproduct. Een kordate vrouw zegt: 'Je huid heeft récht op bescherming, hydratatie, én een natuurlijke pH-balans.' Er komt een lijstje in beeld waarop de rechten van de huid systematisch worden afgevinkt. Het wordt zo overtuigend gebracht dat je automatisch denkt: 'Ja, inderdaad, een natuurlijke pH-balans, dat is een grondrecht voor mijn huid! Waarom heb ik me daar nooit eerder voor ingezet? Het is tijd voor actie!' Alsof het over woekerpolissen gaat.

Naast actiebereidheid gaat crisistijd over solidariteit. Het 'we zitten allemaal in hetzelfde schuitje'-gevoel. Ook dat komt terug in reclameslogans. Exemplarisch is de L'Oréal-campagne. Zoals we allemaal al jaren weten (helaas), was de slogan altijd: 'Omdat ik het waard ben... U toch ook?' De 'ik' was dan een krottig nagesynchroniseerde filmster die het duidelijk heel erg waard was. Of wij gewone mensen het ook waard waren, was nog maar de vraag. Daar konden we alleen maar op hopen.

In crisis-speak is de slogan veranderd. Ineens constateert Andie McDowell heel droog: 'Omdat we het waard zijn.' Hee. Het is dus geen vraag meer. Blijkbaar zit Andie McDowell ook in de shit met haar aandelen, en dat maakt haar net even een tikje meer een sterfelijk mens. Gezellig samen de crisis door met Andie en een flinke pot Revitalift.

Begrip

'Vorige week, toen het zulk lekker weer was, toen zat ik op mijn balkon, en toen kwam er een vlinder op de basilicum zitten. Wíj begrijpen elkaar, dacht ik toen.'

Dat heb ik ook héél sterk

Elk jaar komt het toch weer onverwacht: Internationale Vrouwendag (8 maart). Zoals bekend krijgen alleen zielige wezens een eigen dag. Wezens die mishandeld, genegeerd of gediscrimineerd worden. Dieren, secretaresses, en vrouwen in het algemeen dus. Mannendag bestaat niet, omdat mannen, naar het schijnt, de rest van het jaar al in het zonnetje staan. Die hoeven zich pas zorgen over hun positie te gaan maken als ze een Mannendag krijgen aangeboden van de internationale gemeenschap.

Misschien is het vanwege hun schrijnende underdogpositie dat vrouwen altijd verwoed proberen het met elkaar eens te zijn, in het kader van 'samen sta je sterk'. Luister maar eens naar een vrouw die aan het telefoneren is. Dat is een niet-aflatende stroom van: 'Ja... ja... jaaaaa... ja, ja.'

Sommige vrouwen zijn extreem in het 'eens zijn'. Die zeggen voortdurend: 'Ja, dat heb ik ook,' of 'dat heb ik ook héél sterk.' ('Ik heb het gevoel dat ze me op mijn werk niet serieus nemen.' 'Ja, dat heb ik ook héél sterk.')

Geen probleem te groot, of dit type vrouw kent het uit eigen ervaring, ze worstelt er zelf op dit moment toevallig ook mee! 'Ja, dat ken ik, het gevoel dat je totáál geen contact met de buitenwereld hebt, terwijl iedereen tegen je zegt dat je zo gezellig bent. Heel heftig is dat.'

Eerst krijg je daar een warm Internationaal Vrouwendaggevoel van, omdat je lekker aan het lijden bent met een medezuster. Totdat je je realiseert: Het ging oorspronkelijk over míjn probleem, maar we hebben het nu alweer een kwartier over de 'meelevende' vrouw. Ongemerkt ben je in een 'mijn kat is doder'-fuik gezwommen. Dat betekent dat je nu alles zou kunnen aanvoeren ('mijn kat is dood'), maar dat de gesprekspartner datzelfde probleem dan altijd erger heeft dan jij ('mijn kat is doder'). Misschien een mooi thema voor een volgende Internationale Vrouwendag?

Moegestreden

- Ik ben echt zó doodmoe.
- Ik ook. Ik ben ook echt doodmoe.
- Ja, nee, maar ik keek op een gegeven moment op mijn klokje en toen was het half vijf 's ochtends.
- Ik heb mezelf gedwongen om niet op mijn klokje te kijken, maar bij mij werd het al licht.
- Ergens tegen de ochtend ben ik dan nog even ingeslapen, maar eigenlijk word je daar alleen maar moeier van.
- Ik krijg dan verschrikkelijke nachtmerries. Vanochtend ook weer.
- Nou ja, dan slaap je tenminste wel écht. Ik heb volgens mij helemaal niet geslapen.

Vrijheid

Ik ken een vrouw met een heel lage doorrookte stem, een geblondeerde helm van haar, veel gouden kettingen en zwart geld in haar bankstel. Deze vrouw is gescheiden en woont meestal in Zuid-Spanje. Haar zonnebril is groot en houdt ze ook op als ze in Nederland is. Het is eigenlijk een zonnescherm dat zij met zich meetorst.

Ze vertelde dat ze het heerlijk vindt om in haar eentje in haar auto te zitten, een hand van het stuur te halen, en die gebald in de lucht te steken. '*Liberty*!' roept ze dan met haar lage stem, terwijl ze over de snelweg raast. 'Liberty!'

Ik ben dit nu zelf ook gaan doen en het werkt verslavend.

Armoe

'Zegt ie: nee, dan kan ik niet, want dan heb ik "papadag". Wat een armoe, denk ik dan. Geestelijke armoe.'

Doen en laten

'Ik zeg: doen!' is een reclameslogan die me bezighoudt. Natuurlijk vanwege dat 'ik zeg'; waarom moet je vermelden dat je iets zegt, terwijl het zonneklaar is dat je iets aan het zeggen bent?

Ik zit ook met dat overkordate 'doen!' Doen is een werkwoord dat al jaren meer aandacht krijgt dan het verdient. Heeft dat iets met onze cultuur te maken?

Waarschijnlijk wel. Iets met 'niet lullen maar aanpakken' of zo. Ik kan me in ieder geval niet voorstellen dat er een slogan bedacht zou worden die zou luiden: 'Ik zeg: denken!'

'Doen' heeft nog op andere fronten om zich heen gegrepen, de laatste tijd. Wat te denken van de volgende zin: 'Doe maar even de vaatwasser inruimen.' Dat wordt op grote schaal gezegd. Sterker nog: 'Doe maar niet doen,' dat kan ook gewoon. Het klinkt alsof er gepraat wordt tegen een kind dat nog niet zo goed kan praten ('Pas op, dat doet au!'). En misschien is dat ook wel de oorsprong. Maar ook onder volwassenen is het gebruik van 'doen' in combinatie met een ander werkwoord vrijwel bon ton geworden. Soms als grapje, om iemand kinderlijker te behandelen dan normaal ('Ja, heel goed! Doe nu maar weer het mes neerleggen!'), maar vaak ook bloedserieus.

Er wordt wel gefluisterd dat het allemaal de schuld van de Brabanders is. Dat die het altijd al deden, en dat die heel hard over de grote rivieren hebben geschreeuwd: 'Doe maar lekker "doen zeggen" doen!' En dat er nu langzamerhand steeds meer mensen overstag gaan.

Gek genoeg is één gebruik van 'doen' aan het afkalven. Dat is het 'doen' in zinnen als deze: 'Ik heb het hem doen beloven.' Normaler is tegenwoordig om in plaats van doen 'laten' te zeggen: 'Ik heb het hem laten beloven.'

En daaruit vloeit de volgende taalwijsheid (en vooruit, ook lévenswijsheid) voort: Doen is altijd goed, behalve als je het kunt laten.

Met een mooi woord

Ik hoorde een politicus over zijn half-mislukte ambtstermijn zeggen: 'Er liggen natuurlijk nog wel wat... zoals we dat met een mooi woord noemen... "dossiers".'

Wat een ongelooflijk mooi woord inderdaad. Dossiers. Komt dat uit het Frans of zo?

De vraag is natuurlijk wat hij eigenlijk bedoelde. Dacht hij dat wij gewone mensen het woord 'dossier' moeilijk vinden? En noemt hij het daarom mooi? Zoals een juf tegen een groep kleuters kan zeggen: 'En met een mooi woord heet dat "samenwerken".' Het woord 'duur' werd daar vroeger ook voor gebruikt. De dorpsdokter kon tegen zijn ongeletterde patiënten zeggen: 'Dat noemen we, met een duur woord, "gemeenschap". En daar komen kinderen van.'

Maar om dat met het woord 'dossiers' te doen? Uitermate vreemd.

Misschien bedoelde de politicus het wel gewiekster. Misschien was de subtekst meer: 'Jullie zullen het wel zwak van me vinden dat ik niet wil praten over mijn eigen mislukkingen en in plaats daarvan overschakel op ambtelijk jargon. Dat begrijp ik wel. En daarom doe ik ironisch over het woord dossier en noem ik het "mooi".'

Als hij het op deze manier bedoelde, lijkt het op mensen die zeggen: 'Met een lelijk woord heet dat "verandertraject".' Je zegt dat je het lelijk vindt, maar ondertussen heb je het toch maar fijn gebruikt, dat woord.

Aankondigen wat je van een woord vindt, is een vorm van indekken. Als iemand je op je uitspraak aanvalt, kun je altijd nog doen alsof je zelf ook wel weet dat het eigenlijk niet kan. En dat noemen we, met een mooi woord, laf.

ZOENEN

Ahh... zoenen. Het zou zo leuk kunnen zijn. Maar dat is het meestal niet. Want de meeste zoenen die je moet geven zijn sociale zoenen, dus niet gedreven door liefde, maar gewoon omdat mensen in Nederland elkaar nu eenmaal zoenen.

Wanneer wel en wanneer niet? Dat is al de eerste onduidelijkheid die heerst als je je in het moeras van de zoenetiquette begeeft.

Als er onduidelijkheid is of een kennis al een zoenkennis is geworden, dan wordt dat de laatste jaren in Nederland opgelost door het probleem uitentreuren te gaan benoemen. 'Gaan we zoenen?' roep je dan. 'Ja, wel al, hè.' Want dat de conclusie dan 'nee' is, dat kan eigenlijk niet. 'Gaan we zoenen' is in feite niets minder dan een bevel tot zoenen.

Ik ben lang niet altijd van zins te zoenen. Ik heb wel eens geprobeerd het op te lossen door enigmatisch te kijken en te zeggen: 'Nee, ik zoen niet.' Maar dat maakte de hele situatie nog veel ongemakkelijker; ik had het gevoel dat ik moest gaan compenseren door extra aardig en normaal te doen in het gesprek dat volgde. Dit kostte meer energie dan die drie kusjes me hadden gekost.

En als je dan eenmaal gaat zoenen, hoe dan? Moet het drie keer in de lucht of twee keer goed op de wang? Moet je er 'mwa, mwa, mwa' bij zeggen? Kun je je gesprek eigenlijk tijdens het zoenen gewoon voortzetten?

Vrij vaak hoor je: 'Ik ga je niet zoenen, want ik ben verkouden.' Ik vermoed altijd dat de mensen die dat zeggen dat vooral uit eigenbelang doen. Het is geen altruïsme rondom besmettingsgevaar, nee, ze hebben gewoon geen zin om te zoenen, en ze maken zich er met een halfverzonnen verkoudheid vanaf. 'Geeft niet joh, ik ben zelf ook al verkouden,' zou je dan joviaal moeten roepen, en die ander genadeloos op de bek pakken.

Historisch besef

'De geur van plakband. Heerlijk. Bizar dat er generáties zijn geweest die dat nooit hebben geroken. Generáties.'

Van het voorjaar

Er zijn vrij veel mensen die de volgende zin zouden kunnen zeggen: 'We zijn van de week nog wezen zwemmen.' Ik zou dat nooit zeggen, tenminste, niet serieus. Ook al is er niets fout aan, en is de zin perfect te begrijpen. Dat ik die zin nooit zou uitspreken heeft ten eerste te maken met het woord 'wezen'. Eigenlijk een mooi woord, maar ik zie er toch vooral een eindeloos doorlullende buurvrouw bij die was wezen winkelen, en wat denk je, niks geen uitverkoop.

De tweede reden waarom ik de bewuste zin nooit zou uitspreken is vanwege dat 'van de week'. Ook dit is niet fout en ik begrijp prima wat er bedoeld wordt. Maar 'van de week' voelt voor mij enigszins duf. Misschien omdat de tijdsbepaling onduidelijk is. 'Van de week' kan betekenen: 'deze week, maar reeds geweest', maar ook: 'deze week, maar nog in het verschiet'. Nu hoor je natuurlijk aan het werkwoord wel of we het over verleden of toekomst hebben, maar dan nog. Als iemand zegt: 'Ik kom je tomtom van de week nog wel even langsbrengen', dan weet je dat dat best pas volgende week zou kunnen zijn, of volgende maand, of helemaal nooit.

'Van de maand' heb ik nog nooit gehoord. 'Van de dag' ook niet (maar vandaag natuurlijk wel, en vanavond, en vanochtend). 'Van het jaar' kan, maar klinkt een beetje geforceerd. 'Van de winter' of 'van het voorjaar' klinkt dan weer veel normaler. Alsof deze uitdrukking stamt uit de tijd dat mensen nog 'met de seizoenen leefden'. 'We gaan van het voorjaar weer beginnen met het knotten van de wilgen.' Dat klinkt eigenlijk heel goed en alsof je iets af weet van het leven. (Terzijde: 'van de lente' kan dan weer helemaal niet – mysterieus.)

Misschien is het gewoon een kwestie van gewenning. Als je het heel vaak zegt, wordt 'van de week' steeds ietsje normaler. Dus ik wezen oefenen en het lukt me steeds beter zonder er ironisch bij te kijken.

Oer

'Ik vínd dit iets...! Ik vínd dit... zó... óngelooflijk... oer! Kijk nou hoe die populieren heen en weer gaan! Wat een oerkracht! Die wind!'

Moeten willen

Als je in de politiek zit, ontkom je er niet aan. Er komt een dag dat je gaat zeggen: 'Dat moeten we niet willen met z'n allen.'

Meestal gaat het dan om een maatregel waar jij tegen bent. 'We kunnen wel gaan bezuinigen op het onderwijs, maar dan kan over twintig jaar niemand meer z'n eigen naam schrijven. Dat moeten we niet willen met z'n allen.'

'Dat moeten we niet willen' klinkt nobel. Alsof hier groot onheil wordt afgewend. Het is echter vaak codetaal voor: 'Dat willen we niet moeten.' Meer belasting betalen, dat willen we niet moeten. Maar als je dat zegt, klink je als een zeurderig kind. Dus zeg je: dat moeten we niet willen, en lijkt het of je een soort verzetsstrijder bent.

Wil je als politicus origineel zijn, dan kun je het ook net anders formuleren, en maak je ervan: 'Daar moeten we met z'n allen nog maar eens heel diep over na gaan denken. Of we willen dat onze kleinkinderen alleen nog maar radio-actieve, kankerverwekkende spinazie kunnen eten.' Ja, laten we daar eens diep over na gaan denken. Alleen bij stellingen waar niemand het mee oneens kan zijn, wordt er opgeroepen tot diep nadenken.

Het 'met z'n allen' is trouwens altijd een nuttige toevoeging.

Ten eerste vanwege het saamhorigheidsgevoel dat wordt afgedwongen. We moeten er met z'n allen over na gaan denken of we Griekenland er weer bovenop willen helpen. In praktijk denken we daar helemaal niet met z'n allen over na; en als we dat al zouden doen, zijn er natuurlijk toch maar een paar naar wie daadwerkelijk geluisterd wordt. Maar 'met z'n allen' klinkt alsof democratie voortdurend in actie is, en iedereen de hele tijd bezig is lekker mee te denken over de maatschappij, in plaats van zich zorgen te maken over kwesties van het type: keukenkastjes rood of crème verven?

'Met z'n allen' werkt ook lekker vanwege de al dan niet bewuste *Mini Playback Show*-associaties die het oproept. Als ik een politicus 'met z'n allen' hoor zeggen, dan zing ik daar graag keihard doorheen: 'Met z'n allen, met z'n ahallen, met z'n allen zingen wij van harte gefe-li-ci-teerd!' Ik hoor dan niet meer wat er verder nog gezegd wordt, maar de stemming zit erin.

Dat wil je niet

Waar een wil is, is een weg, schijnt. Maar omdat de moderne mens in de welvaartsmaatschappij zo véél wegen in kan slaan, is het met de wil wat moeilijker gesteld. Mensen weten niet meer wat ze willen. Aldus een willekeurige trendwatcher op een willekeurig adviesbureau met een willekeurige moderne bril op zijn neus.

Theorieën over 'bewegingen in de maatschappij' zijn meestal jeukverwekkend. Toch is er met 'willen' wel iets aan de hand. In ieder geval in de taal.

Sinds een paar jaar kan de moderne, hippige mens zeggen: 'Dat wil je niet weten.' Het lijkt alsof de toehoorder zelf niet kan beslissen wat hij wil weten, daarom bedenkt de spreker het voor hem.

'Hoe ben je nou uiteindelijk ontslagen?'

'Dat wil je niet weten, echt verschrikkelijk was het.' Waarna alsnog het hele verhaal eruit komt. 'Dat wil je niet weten' gaat dus niet over wat iemand wil weten, maar kondigt alleen maar aan dat er een verhaal komt waar medelijden voor moet worden opgebracht.

'Willen' wordt ook dwingender gebruikt: 'Meedoen aan een biathlon? Dat wil je echt niet. Geloof me.' Het is dus niet: 'dat kun je niet' of 'dat mag je niet' of 'ik raad het je af', maar 'dat wil je niet'.

Zoals gebruikelijk is deze taalontwikkeling de schuld van de Amerikanen. Die zeggen heel vaak '*You don't wanna know*' en '*you don't wanna do that*'. Amerikanen gaan er trouwens verder in dan Nederlanders: ze gebruiken het ook voor positief advies. Vraag je aan een Amerikaan waar het postkantoor is, dan kan hij rustig antwoorden: '*You wanna follow this road, and then you're gonna wanna ask again.*' Thanks.

Over een paar jaar gaan wij dat hier dus ook doen. En daar hebben we vrees ik weinig over te willen.

Content

Nog niet zo lang geleden bestond er een uitzendbureau met de naam Content. Ze hadden een heel oubollige slogan, namelijk: 'Wij zijn pas content als u het bent.' Het was een vrij groot bedrijf en je vraagt je af waarom daar dan niet een wat pakkender slogan bij bedacht werd. Ik vond deze in ieder geval van het niveau van de bloemenkraam op de hoek, waarop geschilderd staat: VOOR EEN BOEKETJE GROOT OF KLEIN, MOET U BIJ PIET ZIJN.

Afijn. Content bestaat niet meer, of onder een andere naam, daar wil ik vanaf zijn.

Maar het hele woord 'content' bestaat eigenlijk nauwelijks meer. Wie zegt er nog: 'Ik ben content'? Oudere mensen.

Dat komt waarschijnlijk omdat het woord 'cóntent', met de nadruk op de eerste lettergreep, zo aan terrein heeft gewonnen. Een website heeft geen inhoud, die heeft content. En vanwege al die content hebben wij geen ruimte meer om content te zijn.

Het is zoiets als appel en appèl, maar omdat appèl altijd een margewoord is geweest, konden ze naast elkaar bestaan.

Ik vraag me af of dit met meer woorden gaat gebeuren.

Nog niet zo lang geleden kreeg ik een 'inhaler' (spreek uit: 'inhéler') voorgeschreven door de dokter. Eerst lees je dat als 'inhaler', zoals een inhaler op de snelweg. Maar ik denk dat ik weet hoe het gaat. Met alle luchtwegproblemen waar de moderne mens door gekweld wordt, en alle files waardoor het inhalen (als activiteit) steeds zeldzamer wordt, is het natuurlijk een kwestie van tijd tot de inhaler rechts wordt ingehaald door de inhaler.

En dan nog iets

Toen ik klein was, kwam het woord 'aso' in de mode. 'Jezus, wat een aso!' kon je zeggen, of 'Echt aso, man. Niet normaal.' Dat kon betrekking hebben op alles en iedereen waar je om wat voor reden dan ook iets op tegen had.

Inmiddels is het woord 'aso' alweer zo'n beetje uit (behalve in het woord 'aso-bak'), maar toch vinden we van alles asociaal. Er zijn SIRE-campagnes over, en het is populair om het over 'hufterigheid' te hebben. Iemand die luidop aan het bellen is in de supermarkt! Asociaal!

Dat we hoffelijker tegen elkaar moeten zijn, dat lijkt

me een idee waar niemand het mee oneens kan zijn.

De vraag is alleen wel: zijn we nou echt zo veel asocialer dan vroeger? Ik herinner me mijn jeugd als één groot aso-festijn. Het was normaal om je auto-asbak gewoon op straat te legen. Roken boven een wieg was normaal. Veel mensen liepen met een gettoblaster op straat (een gettoblaster was als object al aso, al stond hij niet eens aan). Het werd als cool gezien om zo veel mogelijk kauwgum op straat te plakken. De tram hing vol met stickers waarop stond: WILT U ZITTEN? IK KAN STAAN! Die stickers hadden er niet gezeten als iedereen uit zichzelf voor ouderen was opgestaan. Ook kan ik me niet herinneren dat mensen ervoor te porren waren om de nog lauwwarme drol van hun hond in een plastic zakje te doen en weg te gooien. In speeltuinen in Amsterdam (waar ik opgroeide), werd je routineus gewaarschuwd voor gebruikte heroïnenaalden: 'Níét oppakken. Gewóón vertellen aan de juf waar ze liggen.'

Goed, dat waren de jaren tachtig. Dat is nog vrij kort geleden, *in the grand scheme of things*. Waren we veel vroeger wel socialer? Tja. In de negentiende eeuw vonden we slavernij nog een prima concept. Ik vind het nogal aso om iemand te dwingen voor je te werken, en daar geen geld, maar wel slaag voor te geven. Ik vind het ook aso dat vrouwen pas in 1922 voor het eerst mochten stemmen. En dat terwijl er nog niet openbaar getelefoneerd werd, er misschien veel minder voorgedrongen werd, en heren potdomme nog hun hoed afnamen als er een vrouw langskwam.

Natuurlijk, je mocht best voordringen als er een slaaf voor je stond. Maar verder was het allemaal reuze gezellig.

Dat is natuurlijk waar het om gaat. Juist omdat we erop vooruit zijn gegaan, omdat we gelijker zijn geworden, moeten we ook meer slikken van elkaar. Als de ene mens niet meer waard is dan de ander, staat dus ook niet vast wie er bepaalt wat wel en niet kan.

In een samenleving waar iedereen zich keurig aan de regels houdt, moet je je ook afvragen wie die regels stelt, en tegen welke prijs ze gehandhaafd worden.

Mijn opa (en hier mogen de violen beginnen te spelen) zat op een lagere school waar het schoolplein voor de helft betegeld was. Daar mochten de rijke kinderen op spelen. Mijn opa, die arm was, moest in de modder blijven. Dat is asociaal. Maar iedereen hield zich keurig aan deze regel. Het zorgde ervoor dat de rijke kinderen niet met de arme kinderen in aanraking kwamen.

En dan nu even naar de taal, ook typisch iets waarvan gezegd wordt dat vroeger alles beter was, en dat er verloedering is opgetreden. Er zijn mensen die 'groter als mij' zeggen! En 'de meisje'! Vroeger hadden mensen tenminste nog respect voor de regels van de taal!

Maar kijk: ooit is bedacht wat Algemeen Beschaafd Nederlands is. Dat is bedacht door de mensen met geld en macht, die in het westen van Nederland woonden. Iedereen die anders praatte dan deze mensen, hetzij door een gebrek aan opleiding of omdat ze buiten de randstad opgroeiden, die deed het fout. Geld bepaalt veel, uiteindelijk ook in de taal.

De kinderen op het schoolplein van mijn opa kwamen nauwelijks in contact met elkaar. Ze hoorden niet van elkaar of ze 'zij hebben' of 'hun hebben' zeiden, en de rijke kinderen konden zichzelf later wijsmaken dat vroeger iedereen de taal nog zo netjes sprak.

Dat mijn vader kon gaan studeren kwam doordat Nederland minder aso werd. Dat mijn ouders elkaar ontmoetten ook. Nu horen meer mensen elkaar en ergeren ze zich. Gelukkig maar.

TISNIANDERS!

Ooit was er bij *Spoorloos* een hartverscheurende aflevering over twee broers die op zoek gingen naar hun vader. Die vader vonden ze, maar die wilde niets met ze te maken hebben. Het was een heel agressieve vader.

De ene broer had het hier heel moeilijk mee.

De andere broer had een motorongeluk gehad, waardoor hij nu verstandelijk gehandicapt was. Over het feit dat zijn vader hem niet wilde kennen, zei hij opgeruimd: 'Tisnianders!' Over zijn motorongeluk zei hij: 'Tisnianders!' Het had geen zin om in te zitten over dingen waar je toch niets aan kunt doen, want tisnianders.

Ik was jaloers op deze man.

EINDE.

REGISTER

Bij de productie van dit boek is gebruikgemaakt van papier dat het keurmerk Forest Stewardship Council (FSC) draagt. Bij dit papier is het zeker dat de productie niet tot bosvernietiging heeft geleid, en dat Al Gore stiekem een klein vreugdedansje heeft gemaakt. Ook is het papier 100% chloor- en zwavelvrij gebleekt.

FSC®
www.fsc.org
MIX
Papier van verantwoorde herkomst
FSC® C019440